獵財筆記

月關 著

之7 億元之搏

目錄

第一章

加碼買進的決定

董舒吃驚地嚷道：「老闆，你看清楚啊，所有的支撐線已經全破啦！」

張勝輕蔑地一笑，說：「那又怎麼樣，認賠出局？什麼支撐線、破位、助力位、阻力位，在這種短線炒作品種中全都是假的，沒有任何意義，就是主力自己都不知道所謂的支撐和阻力在哪裏，如果你喜歡……」

他拿起桌上的紅藍鉛筆，在螢幕上比劃了一條曲線：

「我也可以畫一條給你看。」

「快點快點，十點鐘準時發車！」

盛通貨運站，羅大炮指揮人正在裝車。

「謝謝羅兄，兄弟但有這條命在，此恩必報！」甄子明向他拱了拱手，誠懇地道。

「廢話少說，錢和身分證都在這個袋子裏，你揣好。我的兄弟會把你送出去的，出了省城你再出來透透氣兒，現在得委屈你了。」

「呵呵，算不得委屈，再大的苦我都吃過。」

甄哥一笑，一個箭步躍上車去，倒在一口泡沫箱子裏，箱底早鋪了厚厚的棉被，他一躺進去，棉被就從兩邊向他身上一蓋，箱底有一個小口，有個塑膠管從裏邊微微探出一截。他一躺好，碎冰塊和螃蟹便傾瀉而下，全都蓋到了他的身上，很快裝滿了一箱。

這口箱子被推到了最裏面，然後又是一箱箱的冰凍水產裝上貨櫃車，羅大炮打個手勢，貨櫃車便疾馳而去。

羅大炮招招手，叫過一個漢子，在他耳邊耳語幾句，然後把一個塑膠袋遞給了他，那漢子點點頭，騎上一輛自行車，揚長而去。

這一晚，張勝沒有回家，他把自己關在那間ＶＩＰ包廂裏，默默地抽煙，打開電視牆看著三樓的狂歡亂舞，關了聲音，如同在看一齣默劇。

甄哥能否順利出逃，他不知道，明天他將回到辦公室還是看守所，他也不知道。這個時候，他不能和任何有可能引起懷疑的人聯繫，更得和羅大炮保持絕對的距離，他在這極喧鬧同時又極寂靜的地方，靜靜地等待著明天。

謝老闆聽服務生說，那個女人臉紅紅地從包廂裏走掉之後，有點兒不放心，悄悄跑來看了看。見張勝坐在那兒若有所思，神志似乎有些恍惚，心虛之下也不敢多問，忙叫人把酒拿走，給他換上了一壺好茶。

這一晚，謝老闆叫人去看了幾次，張勝喝完了茶就叫人上酒，服務生就端了未加料的好酒又給他送進去，張勝直喝到醉意朦朧，才在包廂裏沉沉睡去。

天亮了，張勝從裏邊走出來時，看起來神情自若，好像什麼事都沒有發生過，謝老闆見了不禁暗暗納罕。

「喂，你們大家發現沒有，今天老闆坐在那兒總發愣，好像有什麼心事似的。」洛菲往張勝辦公室裏送了一份文件，出來後便悄悄向大家發佈她的發現。

劉斌鴻放下《證券時報》，笑道：「還用你說啊，我早發現了，老闆今天一到就進了屋，沒聽我們對今天行情的預測分析，也沒打趣開玩笑。男人啊，心事重重，不是為錢為權就是為女人，你說咱們老闆是為了什麼？」

洛菲白了他一眼，嗔道：「你們男人心裏就只有這些東西嗎？就不能想點兒別的？」

中齋良笑道：「醒握殺人劍，醉臥美人膝，這就是我們男人最高的追求，不想這個還想什麼？」

「啊！對了，我該想想南方淫雨連綿的事兒！」他一拍腦門恍然大悟道。

洛菲撇撇嘴，揶揄道：「少裝啦你，這一說你還憂國憂民了？」

中齋良一邊打開網頁查詢著南方受災地區的主要農產品，一邊冷哼道：「我可沒有那麼偉大。國家氣象局分析說，南方今年大雨偏多，今後一段時間將會更加肆虐，嗯……這一來，受天災影響，蔗糖、菜籽油、棉花、小麥等期貨產品的價格必將大幅上揚，我該向老闆建議一下……」

洛菲兩眼一亮，贊道：「對啊，我怎麼沒想到，還是你腦瓜機靈。」

中齋良嘿嘿一笑，得意洋洋。

張勝走出了辦公室，他生命中的幾個女孩子，小璐和若蘭，一個近在眼前，一個遠在天邊，可感覺都是一樣的遙遠。鍾情是與他最貼心的，但卻是他無法帶回家的女人。想到這裏，他歎了一口氣問道：「小菲啊，向你請教點兒事情。」

洛菲一聽笑道：「老闆有話您吩咐，請教可不敢當。」

張勝捂著嘴咳嗽一聲，說：「哦……這是私事嘛。」

「私事？」洛菲眼珠滴溜溜一轉，饒有興趣地問道：「那老闆說來聽聽。」

張勝敲敲腦袋，問：「我問你啊，是不是女孩子都喜歡浪漫的追求方式啊？」

洛菲怔了怔，才答道：「那當然啊，女人是感性的啊。老闆這麼問，是想……」

張勝沉浸在自己的思緒裏，繼續說：「那麼，如果有這麼一個女孩，她個性很活潑、很開朗，外表又帶著點兒矜持清高。其實呢，內心既溫柔又敏感，而且這個女孩子職位雖然不高，卻很有事業心。這種性格的女孩，應該用什麼方法追求她呢？」

「啊？」洛菲微黑的臉蛋暈上了一層紅，薄若胭脂染就，透出幾分嫵媚來。她略帶忸怩地垂下眼簾，小聲說：「我……我又沒被人追過，我怎麼知道？」

申齋良笑著說：「老總，您不會連追女孩子的經驗都沒有吧？其實，並不需要什麼花樣，如果此前關係已經非常密切，那麼時機就已經成熟了，帶上一大束花，當眾向她請求做自己的女朋友，她會大吃一驚，覺得很有面子。只要她對你有那麼一點兒感覺的話，這個舉動就會觸動她的心弦，讓她答應你的求愛。」

洛菲一聽，小臉紅撲撲的，連連點頭稱是。

劉斌鴻嬉皮笑臉地道：「老闆，現代的女孩子，哪還懂什麼『掐死你的溫柔』啊，直接點兒，開門見山，現在的女孩子野。」

洛菲一聽，沒好氣地白了他一眼。

「老吳，你是過來人，怎麼看呢？」張勝捏著下巴想了想，問吳忠興。

吳忠興慢吞吞地道：「這個嘛，不同的女孩子，方法也不盡相同，應該對症下藥。沉默高傲型的女孩喜歡態度強硬的男人，對她粗魯一點，野蠻一點，說不定更合她的心意。」

「浪漫幻想型的女孩就不行了，她很喜歡風花雪月、鮮花、巧克力。要想把這種女孩追到手，只要她想要，除了天上的月亮，你都想辦法給她弄到，平時的玫瑰花啊、零食啊，更是時刻給她揣著，常帶她去浪漫的地方，她那顆心就慢慢對你心有所屬了。」

「溫柔體貼型的女孩呢，是付出型的。她一旦成了你的女朋友，對你溫柔體貼，無論你富貴或是貧窮，她都不離不棄。對這種女孩，不需要花哨的東西，只要一顆真心，專一、體貼，那就成了。不過這樣的女孩，外柔內剛，如果傷透了她的心，可不像前兩種看似難纏的女孩那麼好哄，這種女孩最容易追，一旦和你鬧起脾氣也最不好哄。」

張勝心裏一跳，不期然地想起了鄭小璐。

「吳大媽」對女人果然有一套，說得頭頭是道，又說：「活潑可愛型的女孩，一般不太好追。因為這樣的女孩喜歡主動，如果她喜歡你，那麼說不定比你行動得更早。這樣的女孩，初看起來像個哥兒們，你想追她，就得先和她以朋友的關係處著，儘量顯出你與她其他朋友的不同。」

「如果是比自己大的女孩，千萬不要一副小男孩的樣子，因為即使成熟的女性，內心也希望自己被寵，你得顯得比她強、能成為她的依靠……」

洛菲讚歎道：「哇，大媽，我太崇拜你了，你簡直就是一本女人字典！」

老吳呵呵一笑。

張勝聽他說了這麼多，有點兒頭痛地歎了口氣，說：「這麼複雜？我再想想吧。」

看著張勝走回辦公室，外面幾個人面面相覷。

吳忠興奇道：「原來老闆真的喜歡了一個女人啊，他整天在這辦公室裏待著，除了看盤還是看盤，沒見他和女人接觸過啊，什麼時候有了心儀的對象了？」

中齋良笑道：「大媽這話可說錯了，難道咱們的小菲菲不是女人？」

洛菲一聽，把胸一挺，連連點頭稱是。

劉斌鴻在一旁嗤之以鼻道：「她也叫女人？還沒長開的黃毛丫頭罷了。要胸沒胸，要屁股沒屁股，就那雙眼睛還帶著幾分勾人的嫵媚，她要是沙烏地阿拉伯人還行，長袍一穿，把臉一蒙，就露出一雙眼睛，說不定還能把自己嫁出去，換在中國，她哪有人要……哎喲！」一本厚厚的電話簿砸到劉斌鴻的腦袋上，砸得大放厥詞的劉大哥直翻白眼兒。以前也常跟洛菲開玩笑，可這丫頭……今天下手好像特別狠！

張勝是下定決心要追秦若男了。

他生命中的幾個女孩子，小璐和若蘭，一個近在眼前，一個遠在天邊，可感覺都是一樣的遙遠。鍾情是與他最貼心的，但卻是他無法帶回家的女人。男人年近三十，是該考慮終身大事的時候了，若男就在此時走進了他的心裏。

在知道她的真正身分前，張勝就對她好感漸生，早已把手機妹妹當成一個可以傾吐心聲的紅顏知己；在看守所受到她的照顧，在斯巴達克的曖昧一舞，讓這朦朧的好感化成了情愫；所以他才會在秦若男要離開時，斬釘截鐵地說要追她。

聽了她的名字之後，張勝已經知道了她的真正身分。這種衝擊真的非常強烈，但是也正因為這個原因，使他萌生了一種強烈的佔有欲。也許正因為若蘭的離去，而且那麼快的無所留戀地投進了洋鬼子的懷抱，讓他連懺悔的機會都沒有，他的心裏不無怨尤。

追求她的姐姐，除了本身對她已具好感，還有一種移情補償的心理。而且，他的父母給他規定了三月之期，他找不出比她更合適的人選了。

今天刑警隊裏大家的心情都比較好，在逃犯人甄子明雖未抓到，失槍卻撿回來了。這一來刑警隊的任務就輕鬆多了，劉隊臉上也難得地露出了輕鬆的笑容。

但是整個刑警隊只有一個人心情不好，很不好！那就是秦若男秦大小姐。

她還從來沒在男人面前那麼軟弱，甚至有點任人擺佈。當時沒有覺得什麼，回過頭來仔細一想，卻越想越羞，越想越惱，簡直是無地自容。這樣的心情弄得她一宿沒有休息好，早上上了班，她卻突然又擔心害怕起來：那個臭傢伙萬一來騷擾她怎麼辦？

這令得她一上午都心神不寧的，一聽到電話響便搶先去接，生怕聽到那個令她心驚肉跳的聲音。結果整整一上午，安然無事，沒有他的任何消息。

因為失槍找到，警方判斷越獄犯人這麼做就是為了減輕來自警方的壓力，而且丟掉賴以為憑仗的武器，也喻示著該犯已經逃離本市，所以對張勝的監控已經取消了，她根本不知道張勝現在在做什麼。

等到下午還沒有張勝的電話，秦若男的火氣漸漸升了上來。

「昨天晚上的事，他一定是順口胡說，根本就沒誠意，他在調戲我！」一想到這裏，秦若男快氣炸了肺，整個下午坐在那兒都陰沉著臉，唬得平時最愛找個藉口跟她說話的小楊和小王也望而卻步。

下班了，秦若男頭一個走出刑警隊的大門，快快不樂。

「喂！」張勝西裝長褲，條格襯衫，襯衫解著兩個扣子，露出穿著一顆狼牙的珊瑚珠項鏈，英俊中頗顯幾分粗獷的野性。

「你……你……你你……你來幹什麼？」

秦若男這一整天，滿腦子轉的都是張勝的形象，這時突然見到了他，卻嚇得驚慌失措。她左顧右盼，生怕被人看到。只要心裏著了痕跡，舉止便難免著相。平明很隨意的動作，此時也會有所不同，何況張勝讓她又是擔驚又是鬱悶的整整一天。

「我請你看電影，好不好？」

「呃……，我很忙。哦，我今晚有事，這幾天很忙，難得放鬆下來，今晚同事們聚會。」秦若男手足無措地找著藉口。

「這樣啊……，這是我送你的禮物，那我約你明天好了，記得喔，有什麼約會要推掉。」

張勝把一個毫不起眼也沒包裝的塑膠袋往秦若男手裏一放，沉沉的、滑滑的，也不知道是什麼東西。

「明天……？喂！我幹嘛要答應你看電影啊？」秦若男突然反應過來，氣惱地問。

「因為你是我女朋友啊！」

「什……麼？我什麼時候答應了，你再說一遍！」秦若男咬牙切齒，卻又不敢大聲，她露出雪白的牙齒恫嚇張勝。

張勝歎了口氣，無奈地搖了搖頭：「若男，我知道我長得很帥，其實我從別人看我的目光裏就得出來，只是他們沒有說出口而已。這也正常，男的誇我帥，他自己很沒面子。女人誇我帥呢，她又不好意思，不過我這人氣度一向很大，我不計較這個。」

秦若男聽得嘴角一抽一抽的，實在無法再擺出生氣的面孔，這個人……怎麼這麼不要臉啊？還從沒見過一個男人如此自戀！

張勝正色道：「而你呢，若男，不是我說你，你就比較差勁了！」

秦若男茫然問道：「我？我怎麼啦？」

「人應該正視現實，你應該知道其實你並沒有你自己想的那麼漂亮。可這不是辦法，總有一天你會面對冷酷的現實，那就是沒有人會娶你！唉，我們之間有那麼深的友情，為了你的終身著想，我說過我氣度一向不小的，所以……我決定委屈我自己，就讓你……當我的女朋友啦！」

「……啊？」

「驚訝吧？驚喜吧？呵呵呵，看你開心，我也開心了。」

「不是……，你在說什麼啊，你這人怎麼……」

張勝立即打斷她，一臉悲天憫人地道：「好了，不要說了，我知道你一定會答應的。不過女孩子要矜持，不可以在大街上歡呼起來喔。唉！像我這樣的鑽石王老五……，誰讓我們昨天已經一吻定情了呢，讓你撿了一個大便宜。」

秦若男渾身亂抖，她緊緊咬著嘴唇，表情怪異，也看不出她是想哭還是想笑。

張勝正色道：「雖然你配我只是馬馬虎虎，不過我這人對感情一向認真。你既然已經是我的女朋友了，就要和我好好經營這段感情。你是一名警務工作者，可不許始亂終棄，否則……我會告你！」

「你……！」

秦若男目露凶光，一隻手揪住張勝的衣領，另一隻手裏的塑膠包高高舉起，如托炸藥包，就要拍到張勝那張恨得人牙癢癢的臉上去。

「喂，你同事出來了。」

「啊！」秦若男急忙縮回手：「你快走吧！」

「那你答應了？」

「答應什麼？」

「答應做我女朋友，答應明天陪我看電影、吃飯，答應……」

「求求你，我跟你無怨無仇的，你不要搞我啦！」

「我哪有？我一片赤誠，天地可鑒……啊！他們往這看，走過來了，給我引見一下？」

「你……」秦若男吸了口氣，哆嗦道：「你馬上給我消失！」

「那你答應了？」

「好好好，我答應，我答應，你快走吧，快走吧。」

張勝嘿嘿一笑，轉身走向帕薩特，拉開車門坐進去，很帥氣地向她拋了一個飛吻，眨眨眼道：「晚上等我電話！」說完揚長而去。

秦若男望著遙遙離去的車影，把一口銀牙咬得格格直響。

「噯，今晚有燒雞吃啊？你買的？」

「不是，是你孫女買的。」

秦司令搓著大手呵呵地笑起來：「還是我孫女孝順，知道她爺爺好這一口兒。兒子，把我的二鍋頭拿來。」

「噯！」秦若男的父親秦東答應一聲，打開了酒櫃。

秦若男扒拉著飯粒，瞟了他們一眼，沒有吱聲兒。

她吸了吸鼻子，臉色有點臭臭的：哪有向女孩子求愛送燒雞的？真是！太俗氣了，難道我很好吃嗎？她恨恨地戳了戳米飯。

「來來，兒子，把燒雞撕開，兩條雞腿給我孫女兒，一人一……」

秦司令說到這兒，才忽省起小孫女已摔成殘疾，仍在英國接受治療，兒媳婦也趕去照應了，臉色不由一黯。

家裏好不容易擺脫了那種憂傷的氣氛，秦東聽出父親的語病，卻裝作沒聽懂，仍然笑呵呵，拿過一個盤子，把燒雞拿出來，撕成一塊塊的放在裏邊。

「噯？這是什麼東西？」

燒雞一掰開，裏邊「吧嗒」一下，掉出一個盒子，正好落在盤子上。

秦東拿起盒子，詫異地打量兩眼，正要打開，秦若男飛快地站起身，一把從父親手裏把盒子搶了過去，吱吱唔唔地道：「哦，這是我買的東西，忘……忘了拿出來。」

秦司令和兒子對視一眼，都看出了她的言不由衷，兩個人都是老奸巨滑的主兒，全都裝傻，誰也不予說破。秦司令打個哈哈道：「這孩子，東西放這裏也不嫌髒，吃飯，吃飯。」

秦若男把盒子放在自己面前，好像渾不在意似的。不過她一邊扒著米飯，一邊拿眼睛溜那盒子，不讓它有片刻脫離自己的視線。

這頓飯，真是吃得毫無滋味。秦若男也不挾菜，食不知味地吃光了那一小碗米飯，便站起來道：「我吃飽了。」說完便拿起盒子匆匆跑回了房間。

「爸！」秦東一伸脖子，非常詭秘地看向老頭兒。

秦司令豎起食指「噓」了一聲：「敵情未明，靜觀其變。吃飯，吃飯！」

秦若男急急回到臥室，掩上房門，捂著心口平靜了一下呼吸，這才躡著腳尖走到桌前，抽出幾張面紙拭淨了盒子。盒子裏著一層塑膠薄膜，靜靜地擺在桌子上，閃著神秘的光澤。

秦若男仔細端詳了半晌：裏邊會是什麼東西呢？這麼小的盒子，是一顆鑽戒還是一條項鏈？他是有錢人，送的當然是價格不菲的珠寶。

想到這裏，秦若男不以為然地撇撇嘴，屏了屏呼吸，輕輕將盒子打開。

秦若男怔住了，盒子裏的東西她從未見過，看樣子像是什麼穀物的種子，顆粒較大，卻看不出到底是什麼東西。

秦若男正在納悶，手機鈴聲響了。

她急忙拿起電話：「喂？」

「手機妹妹，是我。」

秦若男的嘴角攸地閃過一絲歡喜的笑意，隨即又趕緊板起臉，冷冰冰地問：「幹嘛？」

「手機妹妹，燒雞好不好吃呀？」

「喊，什麼燒雞，稀罕吶？我早扔掉了。」

「什麼！扔掉了？哎！哎！」電話那邊一陣唉聲歎氣，一絲淺淺的笑意悄悄地爬上了秦若男的嘴角，她佯作不知地道：「喂，你是有錢的大老闆嘍，一隻燒雞至於讓你心疼成這樣嗎？要是捨不得，我明天買一隻再還你。」

「你不知道，那燒雞裏面……唉！算了……」

「說來聽聽啊，燒雞裏面還有什麼玄機？」

「我……跑遍了所有的花卉市場，買來七種珍稀玫瑰花的種子放在一個小盒子裏送你。唉，都怪我，應該和你說清楚的。」

「什麼？玫瑰花種子？人家都送花的，你送種子，還要我自己種啊？」

「鮮花易凋零，我們才剛剛開始啊。所以我送你七色玫瑰花的種子，我們自己來種，讓它生根、發芽、抽苞、吐蕊。讓玫瑰花來見證我們愛意滋生的全過程。當七色的玫瑰開滿庭院的時候，我為你披上婚紗，步入我們愛的殿堂……」

秦若男聽著，眼神如同井中之月，幽深、明亮、卻又朦朧。那雙明月之中隱隱蕩漾著些什麼。直到張勝說到披上婚紗，她才有些清醒過來：「甜言蜜語，油嘴滑舌。我還沒跟你算賬呢，你今天竟敢到我們單位門口威脅我，嗯？」

「你可以報復回來啊。」

「哼！還用你說，我秦若男哪吃過這種虧，我可不是那麼好說話的。」

「呵呵，好啊，歡迎你用一輩子來報復我，讓我為你做牛做馬，好不好？」

「你又占我便宜！」薄嗔輕怒，別具風情，卻哪有一絲真的怨氣。

「我說的是真心話！」

「哼，才怪！」

「嘿嘿，說到便宜……，我才只占了兩回。在看守所時，我吻過你的臉頰。昨天，我吻過你的嘴唇……」

秦若男的手指隨著他的聲音，不由自主地輕輕撫上了她豔麗的唇，眼神再度朦朧起來。

「等以後，我還要吻你的……」

秦若男屏著呼吸不說話，心卻不爭氣地跳起來。

「以後，我還要吻遍你的……全身……」

「下流！」秦若男的心咚地一跳，好似全身的骨頭都酥軟了，麻麻的使不得一點力氣。

內媚的女孩，在特殊的環境下，很容易被引誘起情欲，一想起張勝所說的那種情景，由不得她不面紅耳赤，嬌吁急促。

「親愛的，昨天那個吻，你喜歡嗎？我一晚上都在回味，你的唇好柔軟，舌尖甜甜的……」張勝打蛇隨棍上，變得越發放肆起來。

「不許再說了！」秦若男羞不可抑，頓足嬌嗔。

「不說，不說。親愛的，你該吃晚飯了吧，我不多打攪了，記得我們明天的約會。」

「等等，誰……誰准你叫我親愛的啦？」

張勝吃吃地笑：「剛才就叫啦，又沒見你反對。不叫親愛的叫什麼？」

秦若男臉熱熱的：「反正不許叫親愛的！」

「那……好吧。要不然叫小心肝？小寶貝？小男男？」

秦若男身上一陣發冷，雞皮疙瘩掉滿地：「拜託你，別再噁心人啦！」

張勝得意地大笑起來：「記得明天的約會呀，親愛的。快去吃飯吧，我收線了。」

「喀嚓！」那個沒皮沒臉的倒乾脆，說掛就掛，毫不拖泥帶水，只把秦若男扔在那兒，出了半天神。她小心翼翼地拿起那個盒子，輕輕撫摸著盒子裏一顆顆好像鑽石一般的種子，動作輕柔得就像一縷春風拂過她的俏臉。

在張勝的巧妙追求之下，秦若男的心理防線全面崩潰，她的情感徹底淪陷了，她第一次嘗到戀愛的滋味。在外面，她是一名精明強悍、武藝超群的女刑警，在張勝面前，卻是一個知情識趣、溫婉可人的小女人。愛情的滋味，讓她容光煥發。

她的父親和爺爺把她的變化看在眼裏，也都為她高興。因為交往時間尚短，秦若男沒把男友領回家來，不過她的父親已經打電話把這消息告訴了遠在英國的妻子。

大家都沒對若蘭說起姐姐有男友的事，怕她觸景傷情，感憐自身。

她在英國的居住環境很好，雷蒙爵士和他的朋友愛德華都是醫術精湛的醫生，全家人都盼著她能成為脊椎受傷後少數能夠痊癒的奇蹟之一，又或者，等她心態完全平穩下來，能夠接受永久纏綿病榻的事實之後，再讓她接觸外界的事情。

和秦若男的交往，張勝並沒有瞞著鍾情。他不能娶鍾情回家，既然要討老婆，當然要討一個真正喜歡的，畢竟要過一輩子的人，總不能娶一個根本沒感情的女人回家當擺設。但左擁右抱，盡享齊人之福，固然是每個男人的夢想。可在現代文明和法律基礎的支持下，這種在古代司空見慣的行為卻是不能見光的。

他不能說給若男聽，這使他同若男的交往甫一開始，就背上了精神負擔，但他無法解決這其中的糾結，就像老媽和老婆掉進水裏，如果只能救一個，你要救誰的答案一樣，這世上有些事就是如此無奈，你永遠沒有正確答案。

一個星期之後，張勝接到了一個神秘電話，電話裏的人用一種故意改變了的聲調對他沒頭沒腦地說了一句：「一切平安，無需掛念！」然後就掛斷了。

張勝心裏明白，這是甄哥打來的電話。他沒有問過羅大炮把甄哥送到了哪裏，他們掌握的關係和門路有他們的秘密價值，人家已經無條件地幫了一個大忙，問來甄哥所去的地方也於事無補，何必再搭一個人情，只要他一切平安就好。

文哥在看守所待了三年，上邊已經沒人關注他了，似乎已經放棄了對他的追查，不審不放，任其自生自滅了。因為管得越來越鬆，他是有機會在看守的陪同下出獄逛逛或者找女人的，以羅大炮佈設的秘密通道，如果事先早早準備，文哥未必就逃不出去。

不過現在張勝已經想通其中的關節了。文先生在這裏只是失去了自由而已，如果他逃離這裏，以他曾經上達天庭的案情，勢必重新引起最高機關的關注，那麼他無論逃到哪裏，都只能像條狗似的躲在陰暗的地窖裏，情形未見得就比現在好。而且那一來，他家人所受到的管制必將比現在嚴厲百倍，所以……他不是不能逃，是沒有必要逃。

這兩天他又抽空去看望文先生，並向他表達救助自己好友的謝意。文哥沒有再指責他的感情用事，卻突然對他的投資部大發興趣，問了許多這方面的問題，並談了一些他的看法，令張勝大獲裨益。從看守所回來之後，他開始把工作重心轉到期貨上，資金也重新分配，股市與期貨各占一半，加大了他對財富的吞噬速度。

「老闆，上海膠合板剛剛從七十元跌到了三十八元，電解銅從三萬元跌到了一萬七，蘇州線材跌到了兩千五百元以下，情況……很兇險……」

說話的是張勝充實到投資部的新鮮血液——剛剛從某證券營業部投資處挖過來的董舒。她是個粉面桃花、頗有麗色的新婚少婦。

只是此刻她的嘴唇有點兒發白，臉色發青，顯得十分緊張。這幾樣期貨大幅下跌後，是她看好後市建議張勝買進的。可是現在它們還在下跌，目前張勝在這幾個品種賠的錢已不下三百萬，她怎能不緊張？

張勝俯身在電腦上調閱了這幾個品種的走勢圖，凝神想了片刻，然後輕鬆一笑，拍拍她的肩膀笑道：「你只是做出建議的人，決策的人是我，你緊張幹什麼？就算天塌下來，還有我頂著呢。沉住氣，繼續盯緊它們，跌勢一緩，立即給我加碼買進，原來手裏有多少籌碼，那就再買兩倍的量。」

董舒吃驚地嚷道：「老闆，你看清楚啊，所有的支撐線已經全破啦！」

張勝輕蔑地一笑，說：「那又怎麼樣，認賠出局？什麼支撐線、破位、助力位、阻力位，在這種短線炒作品種中全都是假的，沒有任何意義，就是主力自己都不知道所謂的支撐和阻力在哪裏，如果你喜歡……」

他拿起桌上的紅藍鉛筆，在螢幕上比劃了一條曲線：「我也可以畫一條給你看。」

見張勝如此鎮定，而且沒有把責任推到她身上，董舒漸漸平靜下來，但這幾個期貨品種的跌勢實在是太難看了，在裏邊完全看不到主力運作的痕跡，她不想讓老闆賠更多的錢，於是艱澀地咽了口唾沫，說：「老闆，這幾個品種的走勢……我懷疑……莊家已經出局了。」

張勝莞爾一笑：「聽我的，跌勢一緩，加碼買進！如果莊家真的出局了，那我——自己坐莊！」

董舒訝然抬頭，看到的是一雙堅毅中透著勃勃野心的眼睛，她折服而順從地低下頭，輕輕地應了一聲：「是！」

張勝走出投資部，習慣性地又往旁邊的證券營業部裏走，一邊走一邊打了個電話：「喂，靳總，對，是我。呵呵，你放心，膠合板的倉位我已經鎖死了，只要跌到三十六，我就加碼買進。電解銅和蘇州綫材……嗯，我懂，進退同，榮辱共！好，就這樣。」

跟上海贏勝投資公司的老總靳在笑通完電話，張勝走進了證券營業部，在一樓大廳看了看盤，觀察了一番散戶們的表情和議論，然後到了二樓。先和大戶們打聲招呼，進了專屬於他的工作間，瞭解了一番手下人員的工作情況，然後走出來跟大戶們聊天。

這裏的大戶們幾經沉浮，人員已經換了多半，原來的老熟人不多了，不過不少新人也都認得他，東北證券行業的一字並肩王，誰人不識、哪個不曉？

張勝和大家客氣地打著招呼，見以前就相識的大戶小蘇愁眉苦臉地坐在那兒，便打趣道：「小蘇，怎麼一副苦瓜臉吶？」

小蘇苦笑道：「能不苦嗎？本來看這蘇宏柴走勢不錯，又合我的姓兒，想討個吉利。結果可好，自打買了這蘇宏柴，我是背到家了。陪老婆買菜碰見情人，陪情人逛街碰見小姨子，和小姨子打啵碰見岳父，跟保姆親熱被兒子看見！誰能比我背啊？」

張勝噗哧一聲笑了，他見小蘇還有心情開玩笑，估計賠得還不是很多，不過這支股票他也不太看好，所以好心勸了一句：「我看它走勢也不太好，不妨拋掉，割肉損失有時候也是必須的，不要死抱著不放。」

小蘇嘿嘿一笑，說道：「曉得，曉得，我再觀察幾天，看看走勢再說。」

張勝見他言不由衷，笑了笑沒有說話。相識一場，該點撥的已經點了，聽不聽就看個人福氣了。他在室內轉了一圈，不見嚴鋒的影子，問道：「嚴哥去哪兒了？」

小蘇說：「他這幾天好像有事情，時來時不來的。」

這時，已經過了氣的氣宗掌門老岳懶洋洋地說：「你也是啊，這一陣子來得少了，聽說你現在把一半資金都挪到期貨市場上去了？怎麼樣，成績如何？」

張勝笑道：「成績還過得去。怎麼，岳掌門也想玩期貨？如果你有這個心意，歡迎你加盟我的工作室啊。」

老岳一聽連連擺手，笑道：「不行不行，我可玩不起那麼心跳的東西，太刺激啦，我這老胳膊老腿的，禁不起那麼折騰。」

如今和他對面桌的是個新來的大戶，股市裏財富再分配的速度是非常驚人的，這個人笑道：「敢玩期貨權證一類的東西，的確需要非凡的意志。我以前玩過一段時間，心臟受不了啊。從那裏邊出來，無論是輸了的，還是贏了的，都跟死過一回似的，烈火熔爐啊。有個關於炒期貨的笑話，不知大家聽說過沒有？」

他笑吟吟地道：「說有一個富婆去夜總會找樂子，老闆叫來幾個俊俏的小夥，那富婆不滿意。老闆又叫來幾個壯漢，富婆還是不滿意。老闆就問：『你到底喜歡什麼樣的？』那富婆就說：『要體力好的、精力旺盛的，能受盡地獄般的心理折磨還能面不改色的。』老闆一聽就樂了：『你早說呀！』他對樓上就喊：『嗨，炒期貨的那幾個，都出來接客啦！』」

大戶室的人一聽哄堂大笑起來，張勝炒期貨雖然很成功，但是畢竟手下有人輔佐，入行前又做了充分準備，上海方面還有一個與之密切配合的贏勝投資，目前為止，他還沒有遇到過太過驚心動魄的場面，所以也沒有這種痛苦的感受。

上海膠合板跌到三十六元時跌速趨緩，董舒請示張勝後加碼買進幾手，電解銅和蘇州線材也是如此操作。

吳忠興為人謹慎，他在做印尼錳礦，為了減小風險，特意冒充客戶，給新加坡、印尼等地區的大客商打電話洽談業務，詢問批發價格，又去本地市場做考察，最終確認錳礦價格已經接近低谷，進場做多沒有太大風險了，這才寫好詳細操作計畫，交張勝審批購進大筆的印尼錳礦。

他做事的謹慎風格給張勝留下了很深的印象，董舒手頭的幾筆期貨和吳忠興滿倉操作的印尼猛礦同時反彈，幾天的工夫，張勝投入到這幾筆期貨生意上的一千萬就變成了三千萬。張勝立即平了一千萬出來，把本金保住，剩下的全是利潤了，便安心等它繼續上漲。

期貨價格一路上漲，張勝便一路減倉，幾天後放量滯漲，張勝立即同上海方面通了氣，把餘貨全部出盡。幾天後，價格回落了三分之二，洛菲對價位進行黃金分割，發現差不多正是零點三八二的回調位置，立即向張勝報告。

此時，上海方面已退出了這幾筆期貨的交易，張勝初生牛犢不怕虎，已有所歷練的他，在合作夥伴退出的情況下，大膽啟用三分之一的資金再次殺進去，逐步建多倉，又是滿倉。

果然，零點三八二的回調位就是階段低點，張勝一路坐轎上山，一路減倉出貨，每天還用部分資金打短差，從七月到十一月，中齋良的蔗糖、菜籽油、棉花、小麥等期貨，吳忠興的錳礦、紫銅，董舒的線材、膠合板，劉斌鴻的天然橡膠、燃料油和黃金盡皆大賺。

洛菲贏利最少，因為當時大陸還沒有權證，而權證是一項重要的資本投資工具，張勝派人在香港開設了帳戶，投入百分之五的資金由洛菲操作，嘗試性地參與香港權證的操作。在沒有消息來源、完全憑技術看盤跟莊炒作的情形下，洛菲獨自一人能把資金翻了三番，已屬難能可貴。

十一月份，張勝進行資金清算，做期貨四個月，僅僅四個月，他已經賺了百分之八百。經紀公司的老總告訴他，他的倉位進出已是省城所有期貨炒家的指向標，所有人都在跟著他同步進退。因為這四個月，他做了近二十種期貨，進出三百二十多單，竟沒有一筆虧損。

儘管一向自省自謹，在如此多的敬慕和恭維聲中，張勝也有點兒飄飄然起來，逐漸認為自己的確是一個做期貨的天才了！

期貨公司經理和許多行內老手競相請張勝赴約吃飯，許多人開始叫他「東方不敗」。

當初號稱一字並肩王的徐海生如今如何了呢？

在今年的慢牛行情中，他自己坐莊炒股，也是連連獲勝。尤其是他操作南海機電這支股票，這一仗大殺四方，把他兇狠毒辣、出手無情的運作風格展露無遺。

這支股票被他從九塊錢只用了兩個月便拉到二十五元，然後通過洗盤再次大規模收集籌碼，股票在除權後，一個半月內又從十二元拉到二十四元，出貨時卻如雷霆萬鈞，只用了一周的交易時間，這支股票的炒作不但令許多散戶血本無歸，許多跟風小莊也是虧損累累，元氣大傷。

經此一戰，徐海生的可怕在業內盡人皆知，他也得到一個新的外號，業內人士又敬又怕地稱之為「南海鱷魚」。

第二章

準女婿人選

張勝一拉房門，已經逃也似的衝了出去。

掌握過財富的人，

才知道那數不盡的財富代表的不只是住在一幢皇宮似的別墅，

家裏有無窮的僕人服侍，享盡世間一切榮華……

那巨額財富代表著人生在世一切欲望都可以實現的可能，

除了衰老與死亡……

他真的怕自己動了心，他不可以動心。

他已經有負若蘭良多，他不想有負鍾情，

此生，他不想再做有負於她們的事。

張勝看著電腦螢幕，不斷翻閱著各支股票和期貨的走勢圖，神情專注而認真。秦若男很喜歡看他此刻的神情，男人認真於工作，而且露出這種成竹在胸的微笑時是最迷人的。

秦若男忽地想起一個重要問題，眉毛頓時豎了起來：「對啦！那天晚上，你去斯巴達克是不是去找小姐鬼混的？」

張勝連忙否認：「哪兒有，才沒有那樣的事，毫無感情的女人，哪怕她長得再漂亮，我也不會動情。」

秦若男欲言又止，半晌才幽幽地道：

「也許是因為你的這些事，早在我們用手機聊天的時候我就聽你訴說過的原因吧，那時身分不同，我也容易理解和接受。我知道你其實心裏也不想這樣的，你有你的苦衷……」

張勝心中一陣衝動，愁緒百轉千回，終化做輕輕一歎。

「若男……」

「嗯？」秦若男應了一聲，抬起頭來看他。

「你的妹妹是在英國留學，是吧？」

張勝眼睛盯著牆壁一角，眼神閃爍不定。

和若蘭的關係已經過去近兩年了，但他想起曾經的故事仍是不免悵然。他猶豫著要不要現在告訴若男和她妹妹的舊事。

「她……」秦若男的眼神黯淡了一下，帶著點兒苦澀的味道說：「她本來是去留學的，不過現在……唉！她如今住在艾奇特島，那是她朋友雷蒙的封地，雷蒙是一位貴族。兩年前，她去英國不久，和雷蒙一起去旅行……」

說到這，秦若男心中一痛，不想再說下去，她問道：「你怎麼忽然打聽起她的事了？」

「沒什麼，隨便問問。」張勝撫著她的肩膀輕輕地說。

「她放棄學業隨男友去了他的封地……」

張勝想著，暗暗一歎，小心翼翼地收起了那欲說的秘密：

「還是等些時候再把事情向她坦白吧。以前，就是因為拿不起放不下，這才走了小璐，傷了若蘭。如今，感情事真得謹慎經營，再不能重蹈覆轍了……」

君王大廈頂樓，徐海生所在的一個中型會客室的大辦公室內燈光通明。

徐海生坐在他的「王座」上，望著眼前那個神態有些謙卑的男人，笑吟吟地道：

「最近，他的確風頭甚健，以前，我真的小覷了他。賺吧，讓他賺吧，他賺得越多我越開心，對手夠分量，打敗他才夠風光。如果是一灘扶不上牆的爛泥，怎配做我徐海生的對手？」

對面的男人提醒道：

「老闆，大意不得。我在他手下，一直認真觀察他的能力，這個人很有天分，對於股價趨勢走向似乎有種天然的敏感。而且，這個人有時一些基礎的東西不甚明瞭，可是關鍵時刻突如其來，總能另闢蹊徑，說出一番跳出通常看法的道理來。那種感覺……對了，就像武俠小說裏寫的扮豬吃老虎的高手，在一堆亂七八糟的下九流招式裏，時不時夾雜幾招極精妙的功夫來反敗為勝，讓你摸不清他到底多深多淺。」

徐海生輕蔑地一笑，搖頭道：

「不過是小聰明罷了。資本市場，不讓對手輸光最後一文錢，裁判就永遠不可以裁決誰才是最後的大贏家。在資本市場，像他這樣鋒芒畢露的所謂高手我見得多了，大多沒資格笑到最後，只落個慘澹收場，你知道是為什麼嗎？」

對面的男人有些疑惑地搖了搖頭。

徐海生淡淡一笑，說道：

「因為他的手氣太順了，賺的錢太多了。他們的失敗，就是因為他們鋒芒畢露，戰無不克！賺錢比賠錢的風險大得多，短期內賺的錢越多，風險就越大，因為賺錢太順利了，他就會產生天才、奇才的感覺，這是非常可怕的，剛極……則易折。」

他掩口打了個哈欠，擺手說：

「好了，你回去吧，仔細盯著他的一舉一動。依我判斷，明年的股票市場，沒有多大搞頭，我也想進期貨市場玩上幾票。」

他的嘴角露出一絲耐人尋味的笑容：「張勝搞期貨，籌備了兩個月去研究期貨品種和炒家手法，模擬操盤。我要搞他張勝，籌備的時間比他還要長得多，知己知彼，他這個大跟頭……栽定了！」

新年伊始，看著走勢越來越險峻的大盤，堅持價值投資的氣宗掌門岳老先生也悲觀起來，看著如同下山路的大盤走勢唉聲歎氣。

小蘇則憤憤地道：「這世道，我們哪裏還有錢可賺？魯鑫上市前，媒體拚命唱空，事實是：鉅資巨利出局。現在，我割了蘇宏柴，剛剛換了支同板塊新股，媒體又打著正義的旗號拚命唱空。媒體究竟又想幹什麼？媒體，就是大資金的小妾，唱空不過是想幫大資金從可憐的小散戶那裏接過乾癟的籌碼。」

「他們危言聳聽，可憐我誠惶誠恐，午夜時分仍在看著走勢圖搜尋救命稻草。那大莊家也會整，配合媒體用大資金在跌停位橫上天量籌碼。跌吧，打死我也不割肉了，賣出也是死，不賣也是死，反正是一死！」

相對於大戶室裏的悲觀氣氛，張勝工作室裏卻是喜氣洋洋。張勝已經抽調了三分之二強的資金進入期貨市場，在股市裏不但沒賠還屢有斬獲，所有員工年終都分了個大紅包，幹起活來更是精神百倍。

張勝從他的個人帳戶劃出三千八百萬元到銀行帳戶，這是他個人資產的一半，然後他持了那張金卡，趕去看守所看望文先生。

一見文哥精神奕奕地走進來，張勝便站起來，興奮地說：「文哥，我現在有錢了，您那筆債，我終於能夠還上了。」

文哥笑笑，在椅上坐了，說道：

「你小子，簡直是一台斂財機器啊，不過……你不要太得意，資金量越大，發動一場戰役的規模越大，資金的進出週期就越長，失敗的風險也就會隨時出現，正規軍和遊擊隊不同，一但有損失，非同小可。」

「謝謝文哥的指點。」張勝滿面春風地給他遞過一張金卡，說道：「文哥，我存了三千八百萬進一個戶頭，請你指定一個人，我把錢匯過去。」

文先生凝視他良久，忽然莞爾一笑，悠然道：「這錢……做我女兒的嫁妝，如何？」

「文哥……有個女兒？」

張勝有些訝然，隨即好心地提醒道：「你的錢當然由你來做主。不過……文哥，恕小弟多嘴，這麼一筆錢，全部給了女兒女婿，不需要給其他家人留一些麼？」

文先生忽然仰天大笑：「我這未來女婿義薄雲天，財帛難動，我信得過他。」

張勝欲言又止，他想說人心易變，錢還是掌握在自己手中最牢靠，可文哥託付的畢竟是他的家人，自己一個外人不便置喙，便道：「好，不知文哥的女婿叫什麼名字，現在哪裏，我和他聯繫一下，把錢匯過去。」

文哥把玩著金卡，看著他淡定一笑，一抖手，便把卡甩回張勝手中，悠然道：「何必那麼費事，我那女婿，遠在天邊，近在眼前。」

「什麼？」張勝大吃一驚。

文哥深深地看他一眼，俯身向前，輕聲說道：

「勝子，事到如今，我不瞞你。常言道狡兔三窟，我的家底，又豈是警方想搜便搜得到的？若真的沒了價值，他們又怎會容我在此逍遙自在？可惜啊，我和我的家人以及我所有可以託付的好朋友，都在他們的監控之中。那麼龐大的一筆財富，我是空守寶山而無法取用。」

張勝目瞪口呆地聽著他說，如同在聽一樁奇聞。

文先生又道：「這幾年來，我一直苦思脫身之術，但是一直未得其法。我這一輩子，只能待在這兒了，這時，我便想找一個值得信任、可以託付的人，來替我掌握這筆巨額財富，恰在此時，你到了我身邊……」

他看了張勝一眼，微微一笑：「這兩年來，我對你的為人處世多方瞭解，相信你是一個可以信任的人，所以……我要把我的江山基業轉送給你。」

張勝怔怔地看著文先生，好久才緩緩地搖了搖頭：「文哥，我已經有女朋友了。」

文先生淡淡地道：「女人而已，愛美人不愛江山的全是傻瓜，江山不在手，美人又怎麼保得住？」

「我們感情很好。」

「哈哈，如果你擁有我的基業，國際女刑警也可以召之即來，成為你的私密侍衛。」

張勝啼笑皆非：「文哥，剛剛你還要我做你女婿，現在居然教唆我玩女人？」

文先生不以為然：

「不經歷女色的人，怎麼能抗拒女色的誘惑？連女色的誘惑也不能抗拒的人，還能成什麼大事？男人嘛，在外面逢場作戲，與喝茶抽煙，飲酒應酬一樣，不過是娛樂一下而已，沒什麼了不起的，只要酒醉酒醒，還記得回家的路就好。」

張勝搖搖頭：「文哥，你誤會我的意思了。我告訴你我有女朋友，是想說從此以後，我不會再拈花惹草。文哥，你幫過我的大忙，我一輩子感激，丟了你的錢，我可以賺錢賠你，但是，我不想再做法理不容的事，因為……我得為我未來的妻子和家庭負責。」

文先生雙眼微瞇：「知道我為什麼等到今天才告訴你這件事嗎？你的品性，我早就瞭解了，之所以等到今天，就是為了等你成功。現在，你已經有了基礎，只要你點點頭，我就可以把你引入一個更加廣闊的世界，在那裏你可以呼風喚雨。」

「如果說你現在的財富如同一個湖泊，我要送給你的，是一個海洋。你不需要擔心會被人察覺，我可以讓你成為資本市場的風雲人物，這巨額的財富，利用股票市場的交易可以神不知鬼不覺地漂白，何來風險之說？」

「不，如果你有困難，我盡可以幫你。唯獨這件事，我不想做。」

張勝一口回絕，態度毫無猶疑。一件上達天庭的案子，內情該是何等重大？他現在不是剛剛出獄孑然一身的他了，他有鍾情、有若男，有越來越蒼老的父母，還有一份讓他心滿意足的事業。

冒險，是窮途末路者的專利。他可以為了兄弟義氣，冒著坐牢的危險救助甄哥，可以為文哥施以的援手而千里奔波以報恩情，但他很難認同為了金錢拿婚姻和事業來冒險做交易。

「傻小子！」文哥不以為忤，反倒輕笑起來：「你都不打聽打聽，我要交給你的是多少錢麼？」

「無論多少，我都不會答應。」

張勝站起來，把他帶來的煙和好茶輕輕推到文哥面前：「文哥，過段時間我再來看你。你在獄裏，這卡用不上，我會把它存在那兒，直到你派人來取。」

「一個溫柔賢淑、乖巧可愛的老婆，外加一個億的嫁妝，如何？」

「文哥，我得回去了。」

「呵呵，十億呢？」

「謝謝你的信任，文哥，我真的要走了。」

「如果是十億美金呢？」

「再見！」

「如果是……」

張勝一拉房門，已經逃也似的衝了出去。

掌握過財富的人，才知道那無數無盡的財富代表著的不止是住一幢皇宮似的別墅，不止是家裏有無窮的僕人服侍，不止是享盡世間一切榮華……

那巨額財富代表著人生在世一切欲望都可以實現的可能，除了衰老與死亡。

他真的怕自己動了心，他不可以動心。他已經有負若蘭良多，他不想有負鍾情，此生，他不想再做有負於她們的事。

文哥怔然望著關上的房門，輕輕苦笑起來：「沒有我暗中幫你，你一個新手，悟性再高，能這麼快入徑麼？唉！財帛難動其心，固然是好事，可你要是真的視錢財如糞土，我的金山取之不出，豈不也真的成了糞土？」

「一個品性信得過、能力足以完成巨額財富的漂白過程而不被懷疑、又不曾被監控帳戶、足以般配我女兒的年輕人，可遇而不可求。你這麼一走，我縱然還有時間去找第二個，我的女兒總不成也耗費十年八載的青春來等吧。你以為走了便逃得出我的手掌心麼？呵呵，真是個傻小子。」

新的一年，猶如一場新的戰爭的開始，張勝工作室摩拳擦掌，準備在新的一年繼續壯大實力，由工作室正式晉升為一支信譽卓著的私募基金。

張勝經過兩年多的坎坎坷坷，已經成為一個成熟優秀的操盤手。不止在東北，他現在在全國私募界也是精英級的傑出人物了。但是他指揮的資金不過三個多億，這點兒錢在股市裏投下去，連個浪花都濺不起來，他要能調動並嫻熟指揮更多的資金，才算是一個合格的、優秀的私募資金經理。

區分一支私募基金是草寇還是精英的標準，要看它是否擁有一批穩定忠實的客戶群體，而要擁有一支穩定忠實的客戶群體，就要有持續穩定的盈利能力和風險抗擊能力，這一切都考量著一個私募基金的靈魂人物——龍頭的能力。

一早，申齋良見張勝走進辦公室，便躬身恭敬地道：

「老總，今年股市一開始就低迷不振，有些謹慎的客戶擔心資金受損，抽回了投資，再加上……你個人抽調出去近四千萬，我們可以使用的資金量有所萎縮，你看，要不要向證券期貨營業部透支一部分款子？」

「不行！」張勝一言否決：「調兵遣將，不能受制於人；資本市場瞬息萬變，短期借貸受制於營業部，我們可以利用的空間不大，一旦出現問題，營業部會強行平倉，我們整個部署就會受到牽連。不能急功近利，慢慢來。」

「老闆，可不可以授予我更多的資金調動權呀？」

洛菲一雙會說話的大眼睛忽閃忽閃的，臉蛋帶著興奮的嫣紅：「同事裏邊，我能調動的資金最少，這太不公平了。香港權證我現在研究得可是很透徹，它比期貨盈利更快，尤其是做末日輪，一天之內翻十倍的機會都比比皆是，太刺激了！」

張勝和劉斌鴻同時翻了翻白眼。

劉斌鴻似笑非笑地說：「老闆，你看到了吧，女人瘋狂起來，比男人還要可怕。」

「喂！」洛菲威脅地對他瞪起眼睛：「你的投資就是理性投資，我的就是瘋狂計畫嗎？不要瞧不起女人。」

張勝板起臉，嚴肅地道：「小菲，斌鴻沒有說錯，我請你來是玩過山車遊戲的嗎？權證交易我也在研究，這個東西波動太大了，而且沒有理性可循，尤其是末日輪，看似風光無限，卻是新老炒家的滑鐵盧，最容易栽進去的地方。」

「小菲，炒權證，除非我們自己來坐莊，否則資金量一大，就會成為大莊家的目標，必然直接和他們鬥上。在對手掌控全局的情況下，你有多大勝算？做權證，切忌頻繁入市，如非坐莊切忌大資金進入，末日輪更是萬萬不可沾惹，否則你就是贏十次，賠一次就夠你血本無歸的了。」

劉斌鴻連聲表示贊同：「說的是，我們常勝的招牌得來不易，不能太過冒險。」

張勝還從來沒有用這麼嚴厲的語氣說話，洛菲吐了吐舌頭，像個受氣的小媳婦兒似的，垂著頭不敢再向他要求更多可指揮的資金了。不過偷空兒她卻狠狠剜了劉斌鴻一眼，氣他落井下石。

張勝吁了口氣，嚴肅地道：「大家都警醒點兒，不要因為過去的勝利而得意忘形。」「哈哈，他們跟著東方不敗，還有啥好怕的？」這時，嚴鋒正好踏進門來，聽到張勝的訓話打趣地笑道。

張勝一見亦師亦友的嚴鋒到了，親熱地迎上前去：「你小子，最近怎麼不常露面？」

嚴鋒哈哈笑道：「沒啥，抽空回南方去了一趟。你怎麼樣啊？」

張勝笑道：「還不錯，來來來，咱們裏邊談。小菲啊，幫嚴哥泡杯好茶。」

剛剛挨了訓的洛菲答應了一聲，噘著小嘴走開了，嚴鋒用有趣的眼神瞄了她一眼，嘴角露出不易察覺的一絲笑意。

「天然橡膠……我們手裏還有幾張？」

張勝神色凝重地問申齋良，問清數目後，心算了一番損失，斷然道：「全部拋出，馬上平倉。」

「是！」申齋良臉色也有點兒黑。

今年開門操作不順，股票市場大勢難為，期貨市場上有賠有賺，風險也陡然加大了不少。這支天然橡膠張勝投下了重注，已經是運作它的超級大戶，一定程度上左右著它的走勢，但是期貨市場是沒有絕對的莊家的，只要你有錢繼續投入保證金，就可以建立頭寸，無限擴張和約，而張勝現在資金有限，必須靈活機動，儘量避免陣地戰。

「上海期鋁和大連豆粕平倉，集中資金做膠和板。現在市場上膠合板供大於求，而現貨合約價格卻比實貨價格還高，堅持不了多久的。空現貨合約，遠期可以看高一線，價格暴跌之後，市場會主動做出調節，供求之勢易轉，那時遠期必然反彈。」張勝一邊思索著，一邊調整著戰略。

上海期鋁和大連豆粕目前走勢良好，交易規模不斷擴大，價格穩定攀升是可以預期的。而膠和板方面，吳忠興做過詳細的市場調查，目前膠合板九五〇七是五十八元，九五〇九、九五一一、九六〇一等合約在五十元左右，現貨價格批發價只有四十五元左右，走私的在四十二元左右，省內及附近省市的進口膠合板堆積如山。

張勝對他的調研報告進行過核實，情況屬實。可以預見，膠和板的現貨價格必然難以維持這個高位，而現在市場主流卻在看多，因此張勝逆向理維，空現貨，多遠期，想在這上面大撈一筆，因此把主要投資方向確定在膠合板上。

一個星期後，董舒向張勝彙報：「老闆，九五〇七在四十八元是重大技術支撐位，你看，我們是不是可以平倉了？」

此時，九五〇七已經跌到四十八點四元，在這個價位平倉，張勝將淨賺三千萬。張勝根據現貨實際價格比較得出的結果，如果價格再下跌四到五元，張勝將盡賺兩個億，那將是今年以來最大的一次勝利，開門紅對軍心士氣的影響可想而知。

「不，繼續看空，我看一定會跌到四十五元以下。」張勝沉著地說。

董舒不甘心地勸諫：「老闆，我們在膠合板上投入太大，如果出現多逼空，我們的損失太大，現在來說，我們已經賺了很多了。」

「我明白，但是如果我們有六成的勝算，可以賺到兩個億的收益，我們卻在幾千萬收益的時候收手，那麼我們已經敗了。聰明人應該在『天時、地利、人和』聚於一點時奮勇一搏，謹慎不是壞事，但是如果永遠謹慎，那也成不了大事。」

「是！」董舒見他執意如此，只好服從。

劉斌鴻思考了一下，建議道：「老闆，我覺得小董提得對，我們集中大資金於一張期貨品種上，風險有點兒太大，多逼空的可能從理論上是存在的，所以……」

張勝笑笑，非常自信地道：「你也知道只是理論上存在的麼？目前膠合板實貨最少有二十萬箱，而以前的實盤最高紀錄只有兩萬箱，理論上期貨是可以出現逼倉的可能，但是現貨逼倉需要巨量資金，而且做多主力失敗爆倉的可能比我們大十倍，誰有能力在這麼多的現貨情形下多逼空呢？我就是要空膠合板。」

張勝得志意滿，他一下子抽走了一半的個人資金還了文哥，急於把錢補回來。這一票做成功，個人資產立馬又翻幾番，而總資金量便足以與徐海生抗衡了。他正在想，在徐海生對面的金融大廈租下二十五樓，居高臨下俯視著徐海生的辦公室，該是一種多麼有趣的情形。

半小時後，一條簡訊出現在徐海生的手機螢幕上：「重倉做空膠合板。」

徐海生默念一遍，嘴角露出一絲微笑：「勝子啊，你永遠只有為我創造財富的命，如今一字並肩王，今後只有皇上皇，哈哈……」

九五〇七膠合板跌到四十八元，果然開始觸底反彈，這時張勝已經接近滿倉了。做期貨此乃大忌，但張勝戰無不勝的戰績，似乎給了他特別的信心，再加上目前市場上膠合板現貨已經供大於求的情況，他和吳忠興仔細探討之後，仍堅定看空現貨，看多遠期，任他價位上下，始終不曾動搖。

但是，現貨合約已經反彈至五十四元了，遠期仍在五十元附近徘徊不已，劉斌鴻對張勝重金投入的膠合板仔細分析了兩天之後，按捺不住去向大老闆進言：「老闆，九五〇七如此堅挺，我們這麼孤注一擲很可能前功盡棄，是不是出掉一部分？」

張勝哈哈笑道：「不急，我現在已經套牢了，此時割肉平倉，先自弱了士氣。我這都是自有資金，又不用急著還，耐心等下去，現貨這麼多，實盤這麼大，我就不信有誰敢用巨量資金撐著它的價格不跌，除非他瘋了。」

劉斌鴻憂心忡忡地道：「可是……現在的走勢太兇險了，幾個大客戶已經先後打電話來詢問我們的操作，看得出來，他們都非常不安。」

張勝皺了皺眉：「你沒把我的分析告訴他們？」

劉斌鴻苦笑道：「問題是，他們關心的只是現在已經賠了，而你勾畫的遠景卻還遠在天邊。他們計較的都是現在的贏虧，要不是我們為他們賺了太多的錢，恐怕他們現在已經嚇得抽資了。我向他們解釋，他們只問一條：『既然現貨供大於求，為什麼價格堅挺不下？』」

張勝哼了一聲道：「一個傻瓜問的問題，十個聰明人也解釋不了。算了，那就不必和他們解釋，如果信不過我的，請他們抽資離開好了。」

劉斌鴻微微皺了皺眉，他感覺自己的老闆有點兒變了，他待人還是那麼隨和，但是現在過度自信，有點剛愎自用了，人吶，一旦踏上神壇，就會迷失方向。「東方不敗」這個美譽，讓他有點飄飄然了。

劉斌鴻還有一肚子意見要講，不過，張勝才是老闆，他只是一個打工仔，張勝固執己見，他也沒有辦法了，只好無奈地歎息一聲，點頭答應。

「好了，出去吧，對我有點兒信心！」

張勝微笑著說，順口又說了一句：「叫菲菲進來，我要瞭解一下這丫頭的權證玩得怎麼樣了？她太喜歡冒險，我可放心不下。」

「是！」劉斌鴻暗暗苦笑一聲：「她喜歡冒險麼？老闆啊，人為什麼只能看得到別人的缺點，你……現在比她更喜歡冒險，你在走鋼絲啊。」

接下來，張勝仍是信心滿滿坐等收獲，但是現貨合約價格居高不下，張勝看多的遠期價格卻步步下挫，隨著現貨合約價格的提高，需要提高保證金比例，張勝已經沒有後續資金了。他堅持不肯透支，於是，在現貨合約上漲到五十六元時，不得不開始砍倉，以彌補保證金比例的嚴重不足。

工作室的氣氛凝重起來，劉斌鴻、董舒先後多次向張勝建議清倉，但張勝固執己見；同時，吳忠興和洛菲也站在他這一面，雙方意見分歧越來越大、越吵越凶。這裏邊只有牆頭草的申齋良左右哄著和稀泥，但是雙方的火藥味兒越來越濃，他想安撫卻威望不足。

張勝天天期待著奇蹟的出現，情況卻在不斷惡化，這天，張勝工作室的幾員大將再度爭吵起來。

「老闆，我們每一個交易員在培訓的時候，學的第一課都是『鱷魚原則』。獵物愈試圖掙扎，鱷魚的收獲越多，如果牠咬住了你的一隻腳，便會等著你掙扎，如果你試圖用你的手去掙脫你的腳，牠就會同時咬住你的手和腳。你越掙扎，陷得越深，直至全部滅亡。」劉斌鴻漲紅著臉據理力爭：「唯一的生存機會只有一個：牠咬住了你的腳，那就捨棄它。在資本市場上，這項原則就是：當你明明犯了錯誤的時候，就要立即了結出場，不可再找藉口、期待、理由或採取其他任何動作，趕緊離場！不論是股市、匯市、期權交易，其交易技巧都是相似的，誰能懂得『止損』的重要意義，誰才能賺錢，僥倖是止損的天敵，止損是投機的根本，拿出勇氣來承認錯誤就那麼難嗎？」

張勝定定地看著他，臉色陰沉地抽著煙，一言不發。

申齋良左看看，右看看，想說話，但是見了張勝的臉色，終於怯怯地在一邊坐下了。

一向好脾氣的吳忠興坐不住了，畢竟，膠合板合約是他做過大量市場調查之後向張勝提出的建議，劉斌鴻要張勝承認失誤，就等於在說他此次投資失敗。

他忍不住站起來道：「資本市場本來就是弱肉強食的地方，沒有人進來是搞慈善事業的，其中的兇險你不說我們也知道。但是，你要明白一點，無論是期貨現貨，它都離不開實盤的環境。你能否定我做過的詳細調查嗎？機會總是出現在最危險的時候，做多主力把現貨價格拔得越高，他們將來虧得越慘。」

「在這個市場上，看空現貨的不止是我們一家，還有許多機構，儘管從目前的盤面來看，我們做空的合起來的實力較做多主力仍有不如，但是我們資金已經告緊，不代表其他機構就沒有機動資金。有現貨實盤的大環境擺在那兒，做多主力敢把價格拉到哪兒去？在這個市場上，做多做空風險一樣大，他們說不定比我們還要害怕。」

董舒忍不住道：「吳哥，我們已經虧了三分之一了。」

吳忠興只回答了一句：「現在割肉，我們才是真的虧。否則，虧的只是盤面，我仍然堅決看空後市，老闆，你決定吧！」

所有人的目光都齊刷刷地投在張勝臉上。張勝陰沉的臉不經意地抽搐了幾下，他疲憊地抬起頭，看了看大家，勉強擠出一個笑容：「給我點兒時間，我再考慮一下。」

張勝這一考慮就是三天，三天之後現貨合約漲到了五十八元以上，張勝如果此時割肉，就要淨虧一半，以前賺來的利潤幾乎就要全部賠回去了，而他個人由於已經提了一半還給文哥，這一賠可以被掃地出門，離開他的王座了。

「老總，謝老闆、陳老闆、李老闆先後打來電話，詢問我們的操作情況，他們……對現狀非常不滿。」洛菲怯怯地對張勝說。

張勝沒在自己的辦公室裏，他就坐在外間和大家在一起，似乎獨自一個人待在屋裏太寂寞、太寒冷。

「老總，留得青山在，不怕沒柴燒。」劉斌鴻趁機再度進言。

張勝慢慢抬起頭來，滿眼的血絲。他臉上陰晴不定，過了半晌，才語調陰沉地說：「打電話通知我們所有的客戶，明天一早來公司，我要和他們開個會！」

大家面面相覷，最後董舒首先站了起來，輕輕地應了一聲「是。」

閉市了，若男和鍾情先後打電話來，張勝只是淡淡地告訴她們自己有要事，今天要在公司，然後就一直抽煙。

直到五點半，他才像突然從夢中醒來，見所有的部下都沒有離開，一個個忐忑不安地坐在那兒，似乎等著他的吩咐，這才哈的一聲，露出一個很難看的笑容：「都坐在這兒幹什麼？早下班了，都回去吧。我今晚睡這裏，想點東西，一個人……靜一靜……」

大家互相看了看，默默地站起來，悄然走了出去。人去樓空，張勝哪裏也沒有去，他仍然坐在那兒，許久之後，回到自己的辦公室，打開電腦畫面，認真地研究著，臉上時而露出笑容、時而愁雲密佈，時而咬牙切齒、又時而喃喃自語。

煙抽了一盒又一盒，凌晨三點鐘的時候，吸煙過度的張勝突然直冒虛汗，胃裏一陣抽搐，他匆匆跑到洗手間，趴在馬桶上大吐特吐，吐完了渾身無力地癱坐在洗手間的地面上，臉色青白，身體發抖，就像一條被遺棄路邊的野狗……

風光背後，誰知道這些揮手千金的大富豪承受著怎樣的壓力，過的是一種什麼樣的日子？

天亮了，一早還未開盤，張勝工作室的大戶們就紛紛趕來。十多個人，個個都是身家千萬以上的超級大戶，他們投資由張勝操盤，曾經賺了大把的鈔票，但是現在盈利已所剩無幾，所以一個個臉色都不太好看。

洛菲和董舒穿梭往來，給他們上著煙、茶。一個大老闆掐熄了煙頭，不耐煩地問：「張總呢？我還有生意要做，不能一直等在這兒啊。」

洛菲站住腳步，陪笑解釋：「華老闆，張總昨夜……沒有回家，一直在這兒研究行情和走勢，現在就在他的辦公室，也許……太倦了吧。」

「那也不能讓我們這麼沒完沒了地等啊？」他看看手錶，說：「再等會兒吧，如果張總還沒醒，麻煩你叫一下。」

「好！您先喝茶。」洛菲笑臉迎人。

董舒暗暗歎了口氣，本以為到了這裏找到了一份薪水優渥的好工作，現在看來，怕又得重新找份工作了。

又過了片刻，一個大老闆敲敲桌子，對洛菲說：「喂，不是我們不近人情，我們每一個人都有很多事要做，你是不是去招呼張總一聲。」

「哈哈……招呼我做什麼？我這不是來了麼？」辦公室房門一開，張勝微笑著從裏邊走了出來。

他今天西裝革履，一絲不苟，頭髮梳得非常整齊，臉上神采奕奕，雙眼炯炯有神，那氣魄就像一柄出鞘的刀，令人不敢逼視。

劉斌鴻、申齋良等人都詫然看著自己的老總，張勝神清氣爽地走到大家中間，滿面春風地做了個羅圈揖：「抱歉抱歉，昨晚又仔細研究了一下盤面，睡得晚些，起來晚了。」

「張總，客套話就不用說了，兄弟們都忐忑不安的，今天趕來就是聽聽你的意見。你的能力我們是信得過的，不過有時候，人不能跟天鬥，這一次，我看你該及時收手了。」斯巴達克舞廳的謝老闆打斷他的客套話說道。

張勝臉色一正，說道：「好，那咱們就開門見山。」

他徐徐環顧大家一番，說道：「大家都是生意場上的成功人士，不過對於期貨未必瞭解那麼多，所以分析講解那些話，我就不和大家講了。今天請大家來，是想向大家說明我的看法。」

他掃視了大家一眼，不止那些大戶，便是他手下的員工，也一個個屏住呼吸，靜靜地聽著他述說。

「各位，我依據自己的考察和判斷，做出相應的投資決定。迄今未止，未嘗一敗！當然，過往的勝績不代表我今後就不會失敗……」

張勝朗聲道：「不過，現在雖有黑雲壓城城欲摧之勢，我卻堅信甲光向日金鱗開呢。我還是認為，多方已是最後的瘋狂，堅持下去，我就能笑到最後。不過這個決定畢竟風險極大，所以要跟大家說個明白。」

「承蒙各位信任，委託我代為打理資金之後，以前我沒有給大家賠過錢，但這一次不同，一步登天的希望和墜入地獄的風險是同步的，所以我把大家請來，向大家說清楚。」

張勝雙手扶在桌子上，身子微微前俯，臉上帶著一絲酷厲兇狠的笑：「這一次，我沒設止損位！」

「……」

「這一次，我是在賭！賭合約到期日，價格必然三級跳水般下跌。所以，我不再替大家決定。」

房間裏的氣氛一下子壓抑沉悶起來，有的人喘息已經急促起來。

張勝嘴角微微一歪，帶著一絲邪氣，臉上淺笑，眼神卻像冰雪一般冷：「技術位，全破！消息面，全空！所以，肯支持我這個決定留下的，將不再是一個投資者，而是賭徒！」

「……」

「因此，勝敗生死，各安天命，誰持倉，誰平倉，現在表態！」

當眾人皆散盡的時候，張勝臉上帶著鎮定的微笑回到了他的房間，原本挺拔的項背，在房門掩上的剎那，就疲憊地佝僂了起來。

他走到沙發前，仰身倒在上面，枕著胳膊悵然望著屋頂。

這時，房門忽然開了，張勝立刻繃緊身子坐了起來。

「老總，你還不覺悟麼？他們不懂期貨，但他們懂得審時度勢。這麼多大戶，只有羅大炮和李祥兩個人跟著你賭下去，你還看不出形勢的微妙？」劉斌鴻沉重地說。

張勝靜靜地看了他一會兒，淡淡地道：「也許，我當初的決定是錯的。也許，我應該看多而不是看空，但此時此刻，我只能繼續戰鬥下去，我沒有早退，現在退，已退無可退。」

「現在退，至少不會滿盤皆墨。」

「呵呵，你不是我，不會瞭解我的心情。堅持下去，我還有起死回生的可能，現在收手，我就沒有機會再站起來了。上山難，下山更難啊……」

「老總……」

張勝眼裏閃爍著難以言喻的光芒，劉斌鴻卻讀不出其中的意味。

「出去吧，我說過，現在是一場賭局，只是一場賭局，只有潮水退去，才知道誰在裸泳。最後一張牌沒有翻開來之前，誰也不能斷定我已經輸了！」

第三章

是敵非友

「老弟，好久不見了。」

徐海生握著他的手，感慨地搖了搖，真情流露地說：

「一別經年，物是人非。往昔種種，猶在眼前啊。」

鱷魚的眼淚沒有讓張勝動容，他淡淡一笑，問道：「她在哪兒？」

徐海生嗔怪地在他胸口揍了一拳，哈哈大笑起來：

「你呀你呀，有異性沒人性啊，見了大哥，頭一句話就是問你曾經的大嫂，全然不顧我的感受。」

「徐海生，她是我的女人，現在是，將來也是！」

「他已經輸了！」

徐海生坐在椅子上，蹺著二郎腿愜意地望著電腦畫面，淡笑言道。

電腦畫面上播放著的，是從斜上角拍攝的張勝吸煙過度，趴在馬桶上嘔吐不止的畫面。

徐海生悠然轉身朝向窗外，落地窗外風景一覽無遺：「他能有今天，是我一手扶持啊。不然，他現在還是騎著一輛破自行車，為了一日三餐奔波勞累的窮小子。這幾年，他苦也吃過了，福也享過了，我也算對得起他啦。呵呵，可憐的勝子，現在是眾叛親離啊……只有李祥和羅大炮兩個人還在跟著他？」

「是！」身後一個男人畢恭畢敬地說。儘管徐海生眺望窗外，沒有回頭，男人站在背後仍不敢有絲毫失態鬆懈，站得筆直。

「唔！」徐海生舉起高腳杯，輕輕呷了一口紅酒，燦爛陽光映照下，就像喝下一口鮮血：「叫李祥跟緊點，多多支持鼓勵他奔向懸崖。李祥的損失，我會補給他。嘿，週二，九五〇七到期，也就是張勝的死期，還真的有點兒想他了……安排一下，讓他來見我。」

「徐總，週二是大決戰見勝負的時刻，他一定會守在電腦旁，恐怕火上房都不會離開，叫他出來，只怕……」

徐海生莞爾一笑：「九五〇七到期，他將一敗塗地。他的擁戴者會棄他而去，他的屬下會棄他而去，但是據我所知，還有一個人不會離開，那個死心眼的傻瓜，就算張勝變成一個渾身凍瘡的乞丐，她也會跟著他。那他怎麼能算是一無所有呢？」

「您說的是？」

「找幾個人把她帶出來，通知張勝她被綁架，如果他不來……」

徐海生一仰頭，將杯中酒一飲而盡：「那麼……她也會離他而去，那時，他才會變成一個真正的孤家寡人，一無所有！那時，不需要任何人催促，他就會自己從樓上跳下去。」

徐海生雄踞二十三層高樓之上，望著窗外悠然微笑，頗有點兒拈花微笑的神采：「殺人的最高境界，是一種藝術。」

週二，是個驚心動魄的日子。

坦率地說，張勝的全部資金在期貨買賣中只能算是個小戶，他左右不了行情的走勢，但他是根據市場實盤來權衡現貨和約價格的。市場實盤巨大，要交割很容易，現貨和約價格又高於市場實盤價格，因此他是看空的。這代表了相當一部分期貨投資者的意見，看空者不止他一人，把寶押在做空上的機構並不少。

而做多的則是幾個超級大機構，其中包括徐海生的徐氏基金。當然，這些目標一致的投資者們並沒有簽訂同盟，彼此沒有什麼聯繫，因此他們之間也得時刻小心，提防此刻的盟友會在下一刻見勢不妙投到對方陣營去，期貨市場翻手為雲覆手為雨，臨陣倒戈的事平常得很，所以不到最後一刻，勝負難料。

到週一時，交割的前一天，誰是朋友誰是敵人的市場界限終於劃分清楚了。漫山遍野的散戶和中小機構大多同張勝一樣，因為對膠合板市場存貨巨大的瞭解，判斷現貨價格將不斷走低而做空，徐氏基金和上海、深圳幾家大機構在做多。

上週末的時候，九五〇七的價格一直在五—九元左右浮動，而週一，價格波動劇烈起來，一分鐘之內，它可以上漲兩元，然後又在兩分鐘之內下跌三元，九五〇七合約每漲跌一元，市場盈虧就在上億元之間，這是整個市場多空雙方拿出貯存的彈藥，打響大決戰了。

張勝工作室的所有工作人員都在緊張地盯著盤面，儘管有些悲觀，他們還是盼望這一次老闆仍然是對的，希望最後時刻能夠出現奇蹟，續演東方不敗的神話。

最後的交割日期，九五〇七瘋狂了，它的價格上躥下跳，張勝工作室人員的心臟隨著那價格走勢心電圖也忽而飛揚，忽而沉落。所有參與九五〇七的機構和個人這一天都在天堂和地獄裏不停地起落，時至最後一刻，博弈的多空雙方都沒有退路了。

隨著交易量的不斷上升，劉斌鴻緊張地計算著，到下午的時候，他駭然發現，目前實盤二十多萬箱，而市場持倉量已經達到了五十萬箱以上，空頭顯然是不可能按著這個規模交割的，所以逼空已經從理論成為現實，只要做多機構的實力足夠強大，把價位不斷拉升上去，撐到收盤，空方唯一能做的只有高位平倉、確認虧損。

如他預料的那樣，做多機構傾巢而出，全力搶貨了。他們不惜所有，買入期貨、買入看漲期權，同時買入現貨，不停地買，就是要讓空頭無貨可交。與此同時，他們又將買入的實盤砸向遠期月份，而做空機構也是傾盡全部彈藥，瘋狂砸盤，希望把價格砸下來。

但是小機構和散戶的總資金量雖高於這幾個做多的大鱷，卻無法做到統一調配、同步行動，因此戰鬥力遠遠不如。市場上出現了詭異的一幕：現貨價格節節攀升，一元一元地往上升，遠期月份卻一元一元地往下掉。

「老闆完了！」這是劉斌鴻心中閃過的唯一念頭。

他臉色蒼白地抬頭看向對面桌的洛菲，卻發現洛菲正若有所思地看著斜對面的方向，劉斌鴻順著她的目光看去，見吳忠興盯著盤面，臉色難看到了極點，劉斌鴻暗暗歎了一口氣。

「叮鈴鈴……」桌上的電話響起來。

張勝正坐在椅上看著盤面，臉上似笑非笑，眼睛裏閃爍著詭譎莫名的光芒，聽到電話鈴響，他仍然看著盤面，伸手摸過了電話。

「什麼？」張勝跳了起來，臉色大變：「你是什麼人，她在哪兒？說，你要什麼？」

「呵呵，不要帶人，不要報警，我什麼都不要，只是有個老友想見你，你能出來麼？」

張勝沒有回答，直接問道：「什麼地方？」

「好，我馬上就到！」他匆匆走出辦公室，對大家交代道：「我有急事，出去一下。」

見大家都用怪異的眼神看他，張勝忽而恍然，此時此刻，他慌慌張張地跑出來，沒頭沒腦地撂下這麼一句，恐怕大家都以為他見勢不妙，要張惶跑路了。

張勝古裏古怪地一笑，也不解釋，轉身便向外走。

「張總……」洛菲忽然跳起來叫了他一聲。

張勝回頭，深深地看了她一眼：「我有急事。這裏交給你了，一切由你負責，一定要堅持到最後一刻！」

洛菲目光閃動，忽而啟齒一笑，向他輕施一禮。

這女孩兒姿色只算清秀，又是一身西裝，但是這一動作，偏如水袖翻卷、流光乍起，眼神動作優雅異常，宛若拈襟攬袖、羅裙曳香的古時少女，神韻極美。

「放心好了，洛菲……定不辱命！」

張勝一走，劉斌鴻立刻跳起來嚷道：「菲菲，平倉吧！」

洛菲瞥了他一眼，淡淡地道：「老總的意思，是堅守。」

「將在外，君命有所不受！」

吳忠興厲聲喝道：「小劉，如此作為，大逆不道！無論你的決定對錯與否，背主擅行，乃是大忌，從此以後你休想在這一行立足。」

劉斌鴻臉色通紅，辦公室的氣氛又緊張起來。

洛菲看了他們一眼沒有說話，她打開交易軟體，輸入張勝告訴她的密碼：「世間安得兩全法」，手指在「回車」稍稍懸停了一下，然後打開交易介面，張勝的持倉量赫然顯現出來，他已把全部資金都投在了膠合板上，滿倉看空期權。

吳忠興站在一旁，正好看到這一幕。

桌對面，劉斌鴻焦灼地道：「事到如今，你們還相信老總的判斷是正確的麼？好運不會一直站在他這一邊，作為幕僚，我們要為老闆負責，不能眼睜睜地看著他下地獄！」

洛菲抬眼，用一種有趣的眼神看他，吳忠興眼中也露出譏諷的笑意。

劉斌鴻見了氣不可耐，他抓起杯子狠狠摜在地上，帶著一掠勁風衝出了辦公室。

橋西開發區，原匯金實業開發公司所在地門口。

這裏經由政府出面拍賣招商，已經賣給了一家外地服裝企業。街對面的林蔭下停著一輛高檔房車，張勝開著帕薩特衝到公司門口停下車子，匆匆跑出來，第一眼就注意到了對面的這輛車。

他定了定神，慢慢向對面走去。房車的門開了，一個黑西裝的彪形大漢下了車，往門邊一站，然後，一身白色休閒體育衫、戴著白色格紋鴨舌帽的徐海生笑吟吟地走了出來，看那樣子，就像踏在草坪上，正要玩一場高爾夫。

張勝站住了，兩個人隔著馬路遙遙相望。

曾幾何時，兩人曾並肩走在這裏。那時，這裏是一片空曠；五年之後，兩人再度在此重聚，卻是敵非友。

兩人相視凝望片刻，徐海生優雅地向車內擺了擺頭，向他微微一笑。

張勝深深吸了口氣，臉上也露出輕鬆的笑意，舉步走了過去。

「老弟，好久不見了。」徐海生握著他的手，感慨地搖了搖，真情流露地說：「一別經年，物是人非。往昔種種，猶在眼前啊。」

鱷魚的眼淚沒有讓張勝動容，他淡淡一笑，問道：「她在哪兒？」

徐海生嗔怪地在他胸口搡了一拳，哈哈大笑起來：「你呀你呀，有異性沒人性啊，見了大哥，頭一句話就是問你曾經的大嫂，全然不顧我的感受。」

「徐海生，她是我的女人，現在是，將來也是！」

徐海生雙眼微微一瞇，射出刀鋒一般的寒芒，張勝毫不畏懼，勇敢地迎上他的目光。

「哈哈哈哈……老弟，有江山才有美人。」

「我赤手空拳到今日，已經有了自己的一片江山。」

「是麼？」徐海生一揚眉：「很快，它就是我的。」

張勝也笑：「試試看。」

徐海生側身讓開房車入口：「老弟，上車，外邊有點熱了。」

張勝不慌不忙地撣了撣衣裳，走進車內。

「勝子！」鍾情一見他進來，驚喜地叫了一聲，攸地起身想撲過來，旁邊坐著的兩個大漢一按她的肩膀，立即又把她壓回了座位。

「徐海生，放開她！」張勝回頭厲喝。

徐海生好整以暇地上了車，笑道：「急什麼，我們兄弟見面聊天，女人嘛，還是安安靜靜地坐在一邊不好插嘴為好。」

車門關上了，車內開著冷氣。車頂有一盞華麗的宮燈，鍾情和兩個黑西裝大漢坐在頂頭的真皮沙發上，兩側，也是極為華麗的義大利真皮沙發，沙發中間是波浪形的魚缸，裏邊幾條珍貴的紅龍正在游動。兩排沙發中間是一張水晶茶几，下面是實木地板。

張勝沉住氣，在沙發一面坐下，冷笑著看著徐海生。

徐海生坐下，一伸手將擺在魚缸一邊的一台手提電腦打開，畫面顯示的正是當天的期貨走勢實況。

張勝看了一眼那慘烈波動的走勢，目光微微一縮。

徐海生看在眼中，嘴邊露出一絲耐人尋味的笑意。

「老弟啊，遙想當年，真是如在夢中啊。記得以前，我們常在一起下棋，哦，對了，你被裁員後，我們還在你的小飯店門口下過一局。唉，時間真快，變化也真快啊。」

他環顧四周，感慨地說：「那時，無論你我，都不會想到有今時今日的境遇啊。」

張勝冷眼看他，一言不發，不知他到底要耍什麼花樣。

「來，我們再下一盤。一面喝酒，一面下棋，一面賺錢，哈哈哈……」

徐海生哈哈大笑起來。

旁邊那個黑衣保鏢走過來單膝跪倒，在魚缸底部伸手一按，兩個抽屜彈了出來。

一瓶路易十三，兩隻水晶杯放在了桌上，酒斟上，抽屜推回去，下一格是裝飾精美的一個木匣，取出來打開，裏邊是一張用金箔畫線的棋牌，棋子由上等和闐白玉籽料製成，潔白瑩潤，手感溫潤細膩。

保鏢麻利地擺好棋子，徐海生向張勝一擺手，笑吟吟地道：「老弟，請。」

張勝正與鍾情對望著。鍾情是被誆出來的，一出來就被帶上了車，她知道對方的目的不在自己，而在張勝。她不知道張勝正在做的一切有多兇險，但是卻能感覺得出這對他有多麼重要，所以，她憂心忡忡地看著張勝，很怕他不能撐過這一關。

張勝向她報以「放心」的一笑，收回了目光：「請長者先行。」

「呵呵，好！」徐海生也不客套，「啪」的一聲架上了當頭炮，張勝立即起馬相迎。

一個攻，一個守。

徐海生一直在攻，張勝一直在守。現在是，以前也是。

徐海生說過，平常的習慣和行為和他的性格有著極大的關係。

性格決定命運，張勝這一輩子，會不會一直被動防守？

「完了，完了，全完了。」申齋良面色如土地看著盤面。

董舒默然坐在那兒，她知道，張勝已一敗塗地，除非最後一刻出現奇蹟，可是……那可能麼？

吳忠興兩眼發直地瞅著盤面，忽然打開抽屜，衝動地開始撿拾自己的東西。

「二位，我……先走一步了。等老總回來，告訴他，老吳走了，我沒臉見他。」吳忠興抱著他的東西，向董舒和洛菲說了一句。

兩個人都沒說話，吳忠興歎息一聲，低著頭走了出去。

「啪！」門的彈簧回抽，把門用力地關上了。

洛菲嘴角一勾，一絲笑意飛快地在她眼中閃過。

她吐了口氣，從抽屜裏摸出一塊巧克力，剝去錫紙，看著節節攀升已經爬到六十三元高位的現貨和約價格，津津有味地吃了起來……

「嘖嘖嘖，哎呀，老弟啊，兩年不下，你這棋藝一點兒進步也沒有啊！」徐海生搖頭替他惋惜著，逼退老帥，吃掉了他的臥槽馬：「下棋，當如獅子搏兔，一旦窺準目標，就當全力以赴。老弟，你的打法太保守了。」

張勝淡淡一笑：「我做事，向來講究留有餘地，不管對人對己。傾力一擊固然痛快，可是一旦錯了一步，連力挽狂瀾、東山再起的機會都沒有。」

徐海生早將他的神色看在眼裏，張勝神色不寧，一會兒盯著盤面，一會兒去看鍾情，一會兒又低頭思索下棋的路數，他的心……已經亂了。

徐海生呷了口路易十三，卷起舌尖品味著酒的味道，許久，才如長鯨吸水一口氣咽下，然後展顏一笑：「過度小心，卻會坐失良機，最終仍是不免一敗。」

他看看腕上金錶，離休市時間只有五分鐘了。

徐海生露出了勝利的笑容，沒有人能在最後五分鐘內扭轉局勢，除非他是神。

這世上也許有神，但張勝絕對不是，這個人不過是一直以來被他玩弄於股掌之上的毛頭小子罷了。

「老弟，其實我並不討厭你，真的。」徐海生正色道，「只是，這世上有許多事，是叫人無可奈何的，即便是我也無可奈何。一枚替你立下大功、為你鞍前馬後的棋子，下棋的人總是心存喜歡的，可是如果局勢逼他棄子，那他又能如何？」

張勝抬眼，看著期貨盤面，一言不發。

徐海生一歎，說道：「我做事，喜歡力壓千鈞；我做人，喜歡掃清一切障礙。從你入獄那天起，就註定了你只能站在我的對立面，我曾經最喜歡的馬前卒，成了我的負累，我沒有辦法，只能棄子。可是忽然有一天，這被我棄掉的卒子居然起死回生了，而且站在楚河漢界的那一邊，掉過頭來成為我的威脅，你說我能怎麼辦？」

盤面還是沒有變化，穩穩地站在六十一、六十三元的價位上，張勝眼神閃爍了一下，只是笑笑。

「你輸了！」徐海生移車，「啪」地一聲將向張勝的老帥。

盤面的資料停止了變化，定格在六十二元的價位上，收市了。

「再來一局如何？」張勝低頭擺棋，看不到他的眼神。

徐海生得志意滿地一笑：「你已經出局了，從此再沒有跟我下棋的資格！」

張勝臉色木然，沒有一點兒表情。

徐海生看著他，忽然忍俊不禁地哈哈大笑：「老弟，做多膠合板的大主力之中就有我一個，你沒想到吧？哈哈……」

「勝子，發生什麼事了？」鍾情看到徐海生得意的狂笑，忍不住焦急地問道。

張勝看著凝固的期貨走勢畫面，半晌，眼光又一格一格地下移，低頭注視著凝固在那兒的棋面，眼角微微地跳動著，沒有說話。

徐海生微笑道：「小情，張勝已經破產了，一文不名。懂麼？他所有的錢都賠光了，自他入股市以來，辛辛苦苦賺了不少錢，現在，全都拱手奉送給了我。」

他臉上的笑隱隱猙獰起來：「他現在是個比乞丐還窮的窮光蛋，更糟的是，他還連累了信任他的投資者損失了一大筆錢，那些人都是半黑不白、在道上混過的人，這口冤枉氣如果咽不下去……」他又抿了口酒，愜意地享受著：「那時，我的張老弟很可能會在某一天早上，被人發現曝屍於街頭。」

「是你害他，是不是？」鍾情嘶聲大喊，縱身向他撲去，但是馬上又被兩個保鏢擰住手臂，壓回座位。

「小情，你真是夠死心眼的。」徐海勝就像一個變臉高手，突然臉色一變，一片冷酷無情的肅殺之氣。他伸出手，拍著張勝的臉蛋：「為了這個沒出息的傢伙，你還想付出到什麼時候？自古有云，寧為英雄妾，不做庸人妻，跟著他有什麼意思，不如跟著我。」

張勝忽然抬頭，目光凌厲地射向徐海生。

徐海生一笑：「他能給你的，我也能給你，他不能給你的，我還是能給你。」

「你……還會要我？」

鍾情突然說話了，她這一問，張勝的臉色頓時變得一片雪白，再無半分血色。

徐海生盡情地享受著折磨失敗者的樂趣，悠然說道：「當然，不要懷疑我的誠意，曾經，我不想再繼續我們的關係，但是時過境遷，我的想法已經有了轉變。以我今時今日的地位，我不介意有你這麼一個可心可意的情人。你跟著他，不是一樣沒有結果？而我能給你的，多過他千百倍。」

「呵呵……」鍾情笑起來：「可是，我不會要你。看看你吧，豪車華服，但是那衣冠之下，不過是一個裹著人皮的畜生。就算勝子真的一無所有，我也會跟著他，他給了我這世上最奢侈的東西，那是你永遠也拿不出來的，哪怕你富甲天下。」

徐海生冷笑：「笑話，有什麼東西是他拿得出，而我拿不出來的？」

「真心的愛！」

徐海生臉色一獰，隨即緩和下來，做微冷笑，狀極不屑。

張勝看著鍾情，眼中滿是欣慰和歡喜。

鍾情冷冷地問徐海生：「你把我們帶來，就是想讓我們看你得意洋洋的嘴臉吧？我們已經看到了，現在，我們可以離開了麼？」

徐海生冷冷地瞥她一眼，眼底殺氣浮現。他冷哼一聲，擺了擺手。

鍾情走過來，拉住了張勝的手。

兩人從徐海生身邊走過去，由於有水晶小茶几阻路，鍾情過去時側了側身子。

徐海生陰鷙的目光正落在她的身上。分手三年了，她仍那麼美麗，不，是更美麗了。自信、自強、健康的心態和愛情的滋潤，讓她容光煥發，異樣動人。

一雙修長筆直的大腿，藍色牛仔褲，側身在他面前走過時，那豐滿渾圓的美麗臀部包裹在緊繃繃的牛仔褲裏面，中間隱隱有些陷進屁股溝裏，兩瓣豐盈上翹的屁股呈現著優美的曲線，腰肢渾圓柔軟，牛仔褲下的小腹卻是平坦的。

她還是那般妖嬈美豔，但她已不再是當年的鍾情，如今她脫胎換骨，變成了另一個女人，她是張勝的女人。

「佔有敵人的女人，勝利者獨享的快感……」

如果說剛才徐海生那樣說，只是為了刺激張勝，那麼現在目的失敗之後，他是真的產生了一種強烈的佔有欲望了。

「鍾情，我能讓他一無所有，也能讓你一文不名。」

徐海生沒有達到打擊張勝，徹底瓦解他的意志的目的，心中恚怒，又見兩人情深意切，不禁冷笑威脅。

「那麼，我便陪他去討飯！」鍾情撂下這句話，和張勝頭也不回地走下去了。

第四章

老爸的條件

張勝從沒把她當成一個追求對象，他對自己的態度，
一直只是一個和藹的老闆、一個情投意合的朋友。
在她的調查資料裏，張勝有好幾個紅顏知己，
就算生在大富之家，對這種事從小就見怪不怪了，
她心裏還是有點兒不舒服。
如果他去看守所，真的是答應了老爸的條件，
那麼……她可以預料，
她除了披上雪白的婚紗做他的新娘，根本沒有第二個選擇。

文先生臉上掛著和煦的笑容：「周周，這一仗打完了？」

「是。」對面蹺著二郎腿坐著一個女孩，她摘下大墨鏡，向文先生嫣然一笑，風采翩翩，正是張勝身邊的「小答應」洛菲。

「說來聽聽，事先問你，連我都不說。」文先生慈愛地看著她，假意哼了一聲：「女生外向啊，長大啦，知道幫老公了，老爸也成了外人。」

「爸！」洛菲嬌嗔地喚他，「亂說什麼呀，我可沒答應嫁他，他呢，我整天在他身邊晃悠，也從沒拿正眼看過我。」

說到這兒，洛菲恨恨地道：「這個有眼無珠的傢伙。」

文先生見狀不禁莞爾：「人也是需要包裝的，你自己非要當服務生，誰還當你是千金大小姐？」

洛菲哼了一聲：「我才不稀罕他呢，他這人什麼都好，就是太花心了。」

文先生正色道：

「這一點，卻是你的不是了。你不是沒有見過世面的小家碧玉，這天下的男人，但有權柄財富在手的，可有一個不近風流？男人一旦到了這種地位，妄想控制他守身如玉的，都是不切實際的女人，這是男權社會，聰明女人切不可螳臂擋車，做那愚蠢之事。只要身分是你的，男人偶爾在外逢場作戲，有什麼打緊？」

洛菲沒好氣地白他一眼：「就知道你這麼說，媽媽不說歸不說，你當她見你在外風流，心裏很舒坦麼？好了好了，不提這個，我先說說他的事。」

洛菲秀氣的眉毛微微蹙了起來，沉思片刻，似乎在組織語言，然後說道：「經過是這樣，他一直和上海的贏勝投資老闆靳在笑在合作。」

「靳在笑？」文先生皺了皺眉：「這名字有點耳熟。」

「是啊，呵呵，你們見過的，那次你在上海過生日，給你送過一隻金牛的客人。」

文先生恍然，失笑道：「原來是他，不小心跌了一跤的那個小胖子。」

「是啊，你可不能小瞧了他，他在上海也是雄霸一方的人物了。」

文先生悵然片刻，悠悠歎道：「江湖歲月催人老啊，幾年不見世面，當年的阿貓阿狗都做了大哥了。你繼續說……」

「張總資金量有限，兩個多億的資金，在期貨市場上難起風雨，所以他一直是以助手的方式，配合贏勝投資。這個秘密，除了我這個在他未發跡時就跟著他的老人，其他人一概不知。」

「這一次，上海方面是要做多膠合板的，但是中小機構和普通散戶大多看空，這股力量聚集起來非同小可，靳在笑本以為自己能吃得下，但是後來他發現一多獨大，實在有些吃力，他撐不住了，價位開始節節下跌，這時如果退出去，以他的資金量也是一筆不小的虧損，於是他開始呼朋喚友，尋找同盟。」

「這種陣仗，本來就是韓信用兵，多多益善，所以他在找了兩個大機構做盟友後，也同張總取得了聯繫。他們之間是一種很鬆散的自由合作關係，張總並不受制於他，張總有自己的決定權，同靳在笑聯繫之後，他就開始關注九五〇七，考慮是否配合殺入。這時，一件無關緊要的小事讓張總有了重大發現……」

文先生好奇地問：「什麼事？」

「那天晚上已經下了班，我還在辦公室裏幫他統計著膠合板現貨和約資料，做規劃分析，辦公室忽然停電了。當時只有我和他在，他是做過電工的，就自己去檢查線路，結果在他辦公室內意外地發現了一個監控鏡頭。」

文先生失神片刻，微微苦笑：「小事，小事有時能變大事，我豈不也是因為一件小事才有今天……繼續說，他發現之後如何？」

洛菲莞爾一笑：「還能如何，趁著停電監控失去效力，他又檢查了一番，又在天棚上不起眼的地方發現了幾個監視器。這一切，無疑是有人正在關注他的一舉一動，而且很有可能是內外勾結。在資本市場，如果有個內奸通風報信，那是最可怕的事，但是張勝卻不知道誰才是內奸。」

「如果盲目張揚開去，搞得人人自危，互相懷疑，對他的工作室將是一個沉重打擊，他必須小心從事。投資部的幾個人調進來時他都做過調查的，當時沒有發現問題，以後的工作中，這些人也盡心盡力，每個人都為公司賺過錢，實在看不出誰可疑。發現監控頭之後，他表面不動聲色，卻暗中找了私家偵探，二十四小時監控跟蹤投資部的每一名成員。」

文先生一笑：「他沒有懷疑你吧？」

洛菲得意地翹了翹鼻子：

「你的女兒可不是笨蛋，我的身分證明一點問題都沒有，自從他頭一次請我吃飯，差點兒去了我住的酒店後，我正式找了一處房子去住，絕對檢查不出問題。再說，我是在他沒發跡之前就跟著他的，再怎麼懷疑，他也懷疑不到我的頭上。」

「嗯，說下去。」

「很快，私家偵探就傳回了消息，在股票投資部因表現突出調入期貨投資部的吳忠興十分可疑，他多次出入君王大廈會見徐海生。張總馬上對他進行全面調查，並且付給偵探社十萬元，要他們立即從香港航空寄購一種國際新型竊聽裝備，可以監聽手機的。」

「設備購入後，對吳忠興的手機進行監聽，從中瞭解到徐海生要和他做對手盤，意圖徹底打垮他，稱霸東北證券期貨行。張總正面對困局解脫無術，這件事讓他突然萌生了一個大膽的想法：利用敵人的力量來為他辦事，達到他的目的。」

文哥啞然一笑：「我明白了，他明著做空，誘徐海生做多，實則他也在做多，徐海生給他抬了回轎子。」

「不錯，當時靳在笑進退兩難，張總的資金又是杯水車薪，他不但不可能打垮徐海生，而且無論做空做多，徐海生都會加入對手盤，對手方就會陡增近二十億的資金，膠合板的盤子不算大，二十億的生力軍足以在實力相當的兩個對手陣營前，起到決定勝負的作用了。」

說到這兒，洛菲想起張勝這苦肉計為了要表現得盡善盡美，每天裝模作樣的德性，忍不住捂嘴偷笑。

「這個傢伙好貪的，他通過手機監聽瞭解了徐海生的投資計畫後，對靳在笑說，他不但全力投入，而且還能拉來一個大機構，可以在短期內至少再投入十五個億的資金。作為交換條件，此次炒作成功後，靳在笑要付給他五十萬的好處費。」

「與此同時，他自己的資金也全部交給我暗中操作做多，而他自己呢，他每天買入、查看，不斷展示給吳忠興和投資部其他同事們所看的交易畫面，不過是經過修改的電腦程式，它只接收大盤資料，卻不上傳交易申請……那只是一種模擬交易軟體。」

文先生瞟了她一眼：「這是你的傑作吧？」

洛菲俏皮地吐了吐舌頭：「我可不敢說是我，一個服務生居然懂編程，他不懷疑才怪。」

洛菲捂著嘴笑：「我告訴他，我有個高中同學，現在剛從科技大學畢業，我可以找同學幫忙，把交易所的這種軟體做一點兒小小修改，他還能不信啊？」

洛菲得意洋洋，眉飛色舞地道：「我只花了一個半小時來修改程式，就得到一萬元的酬金呢。」

文先生翻了個白眼：「才一萬元就美成這樣，這還是我閨女嗎？」

「這麼說，你並沒有真的賠錢？」

鍾情聽張勝說完，欣喜地問道。

張勝搖頭一笑：「沒有，我進得早，成本很低。準備拿來還文哥的那三千八百萬，我存在銀行一直未動，只投入我自己的剩餘資金，幸賴徐海生傾囊相助，幫我賺了整整兩個億。哦，不止，老靳那兒還欠我五千萬，哈哈……」

「太好了！」鍾情歡呼雀躍，她忘形地在張勝臉上「吧」地一吻，剛剛坐回去，臉上的笑容卻又忽地一凝：「可是……羅大炮卻把他投進去的五百萬虧光了。」

鍾情的聲音不無幽怨，她希望自己的男人獲勝，卻不願他為了自己的利益變得如此冷酷無情。

張勝笑著刮了一下她的鼻頭：

「傻瓜，都告訴你是一種虛擬交易軟體了，真正的資金在洛菲那兒，當然是做多啦。因為怕走漏風聲，我不敢把我的計畫告訴任何人，但是有兩個人例外，一個是洛菲，一個是羅大炮。他知道我的全部計畫，不過那個李祥……」

張勝冷冷一笑：「他的錢卻是真的『賠』光了，一文不剩。不過我不用良心過不去，這個忠心耿耿的內奸，自有徐海生替我還債。」

鍾情點著頭，心有餘悸地說：「炒股、炒期貨，如此爾虞我詐，簡直比真刀真槍地打仗還要血腥。我現在聽著，還驚心動魄的。」

張勝莞爾一笑，其實他何嘗不是提心吊膽，擔心被徐海生發現真相臨陣倒戈？

對於南海鱷魚徐海生，張勝早就開始注意對方的一舉一動了。但是徐海生入行早，早有一個穩定的幕僚班子，他是插不進去的。他只能被動防禦，手下的每一個人，在不讓對方知情、以免挫傷其積極性的基礎上，張勝對他們都做過詳盡調查，但是千防萬防，防不勝防，對方有備而來，終究還是紮不緊籬笆，鑽進一條野狗。

發現吳忠興是徐海生的人，徐海生早已蓄謀要對付他的時候，張勝真的是又驚又怒，他當時思來想去，唯一想到的辦法就是去求助文先生，因為這場戰役的方向已經明確了，比的就是資金量而已，而文哥是個最大的財主。

但是這個想法是行不通的，且不說文哥的條件他不能答應，就算他答應了，那筆秘密匿藏見不得光的鉅款，也不是一句話就能轉到他名下的，把這筆錢漂白轉移的運作過程絕非一時一日之功，而現前的危難卻等不了那麼久。

現在，他總算運用自己的智慧，成功度過了難關，而且讓處心積慮想幹掉他的人幫他賺了一大筆錢，壯大了他的實力。

但是……張勝眸中閃過一縷憂色。

「勝子，我……不太聽得懂，好像……你的意思是說，徐海生想做多害你暴倉，結果卻變成了幫你衝鋒陷陣，讓你大賺了一筆。不過……那他也是做多的，他也賺了吧？」

「嗯！」

張勝的臉色陰沉了一下：「他進得比我晚，又是小心翼翼隨著局勢的明朗逐步加倉，賺得比例比我少得多，但是絕對數卻比我大。這一場戰爭，本來與他無關，他突然氣勢洶洶地殺進來了，而且狙殺目標是我。我能讓他由殺手變成我的幫手，已經使盡了渾身解數，實在沒有力量在這一役中把他幹掉。」

「現在他的實力仍在我之上，如果與他一戰，我仍力有不逮。而且，經過這一戰，我忽然發現一件事……」

他沉思片刻，說：「那就是，在資本市場上，你很難鎖定一個對手。比如說這一次，如果我不是事先知道徐海生要進場，並且做我的對手盤，那麼我在操作失誤的時候，就會選擇割肉離場，雖會大傷元氣，卻不會致命。這種遊戲的規則就是這樣，你選擇一個人做對手，但是對方可以拒絕。」

「因此，哪怕我的財力足以與徐海生一戰，他仍然可以選擇避而不戰，那麼，我就無法徹底地打敗他，而我現在，必須得打敗他。」

他看了看鍾情，鍾情握緊了他的手：

「我懂，這個人太可怕了，除了他的個人利益，管它什麼是非、公義、人情，統統是可以捨棄的。對這樣的人，我們即便對他沒有報復的心思，他也不會放過我們。明槍易躲，暗箭難防，我們不能防他一輩子。」

張勝微微點頭，沉思著道：「是的，樹欲靜而風不止……要自保，那就得消滅他。要消滅他，遊戲規則卻允許他高掛免戰牌，那怎麼辦？」

鍾情用一雙澄澈的眸子凝視著他，目光中充滿了信任，她相信她的男人能打敗任何強大的敵人，他已經長大了。

張勝目光閃爍半晌，輕輕地說道：「本來，我是沒有辦法讓他必須應戰的，不過，他今天認定我已一敗塗地、得意而去的時候，我忽然想到一個辦法……那就是將計就計。」

張勝笑了笑：「諸葛亮當年曾以一件女人衣服激得司馬懿暴怒，他後雖識破諸葛之計，仍不得不硬著頭皮往坑裏跳，主動上表請戰，皆因他是三軍主帥，主帥受辱，不得不戰。好在那魏帝曹睿與他早有商量，下旨不得出戰。司馬懿方能心安理得，不致威信盡喪。」

「徐海生這人，雖陰險毒辣，卻也一向驕傲自負。我相信以退為進，捧他上位，然後重新挑戰，必能逼他與我決一死戰。司馬懿有曹睿背黑鍋，徐氏基金卻是徐海生自己當皇帝，哼哼，誰來替他背黑鍋呢？」

張勝向鍾情和盤托出自己的計畫之後，便拿起手機，撥通了一個號碼。

洛菲正和文先生說著話，手機突然響了起來，她拿起來看了下號碼，嘟起嘴豎起食指，向爸爸做了一個噤聲的姿勢，然後打開了電話。

「菲菲，你那邊怎麼樣了？」

「一切都按你的安排。『敗局』已定時，吳忠興就做出一副無顏面對江東父老的樣子離開公司了。」

電話裏傳出張勝爽朗的大笑：「早有所料。菲菲，這次行動計畫嚴格保密，不得透露分毫。」

洛菲奇怪地問：「為什麼，你原來不是打算事成之後，就在那個人面前揭穿他的真面目，給他一個大大的教訓麼？」

張勝又笑了兩聲，笑聲有點兒冷：「是啊，但是我這個想法太天真了，這世上有些人是永遠不會接受教訓的，他們不到黃河不會死心。你記住，不要透露一點兒真實消息出去。還有，馬上聯繫幾家報社，以匿名知情者的身分詳述一下省城證券業兩大高手對決，『東方不敗』慘敗，『南海鱷魚』大獲全勝的消息，讓那如花妙筆好好捧一捧他。」

洛菲越聽越奇怪，電話裏，張勝還在詳細交代著，讓她曝料給報社，詳細報導自己如何慘敗，徐海生如何英明，如何有魄力，如何運籌帷幄、指揮若定，洛菲一邊聽一邊應是，電話打完，她臉上露出怪異的表情。

「怎麼了？」文先生笑問女兒。

洛菲搖搖頭：「我越來越猜不透這個傢伙了。他原打算成功之後，便把發現姓徐的那個人所施的奸計並順勢利用了他的經過向姓徐的和盤托出，打擊一下他囂張的氣焰，可是他方才又打電話給我，讓我幫那個姓徐的大肆造勢，真搞不懂他想幹什麼。」

文先生聽她說了張勝的吩咐，目光隱隱閃爍，一副若有所思的樣子。沉吟半晌，他目中漸漸露出了然的笑意，頷首說道：「張勝這小子，終於肯放棄防守，主動出擊了。」

「老爸，此話何解？」

「示敵以弱，驕敵之兵，他絕對是要主動出擊了。不過……瘦死的駱駝比馬大，他雖小勝，憑他現在的實力能奈何得了徐某人麼？雖說資本市場上，以小搏大、以智取勝的例子並不少，可是他們之間的實力相差實在太懸殊……」

他說到這兒忽地抬頭看向洛菲，臉上露出怪異的神氣。

洛菲瞪了他一眼，嗔道：「幹什麼學我？」

文先生臉上一副似笑非笑的神氣，說道：「我是在想，以他現在的實力，主動挑戰曝露實力無異以卵擊石，他憑什麼有信心對徐某人主動出擊。唔……他決定接受我的條件了？大有可能，除此之外，他沒有助力。」

文先生說到這兒，看了女兒一眼，笑道：「恭喜你，周周，你要做新娘了。」

「什麼？」

洛菲一聲怪叫，就像被踩了尾巴的貓，嗖地一下從椅子上蹦了起來，滿臉紅暈地嚷：「不嫁不嫁，我才不嫁。人家還沒喜歡上他，他還沒喜歡上人家，為什麼要嫁他？突然和一個陌生人跑進一間房子裏住，好怪好怪的感覺。」

「不是吧，你們都認識一年多了，天天在一間辦公室，還陌生什麼？」

「那不同，那是同事，我說的是感情上陌生、心理上陌生，作為終生伴侶來說關係上陌……」

文先生拂然道：「哪那麼多理由？生在豪門，婚姻從來就由不得自己做主。你要有這個覺悟，周周，你要為整個家族負責。何況，我為你找的這個男人其實很不錯，不是麼？你心裏並不討厭他，而且有點兒喜歡他，是吧？」

洛菲理直氣壯地道：「喜歡不等於愛。我喜歡的人多了去了，難道個個都嫁？」

「如果你先生同意，你想嫁便嫁，我這做父親的不反對。」

洛菲指著自己的鼻子，詫然道：「我先生……誰呀？」

「張勝啊。」

洛菲鼻子都氣歪了：「我還沒答應嫁呢，什麼時候他就成了我先生了？」

文先生淡淡地道：「現在不是，早晚會是的。」

洛菲張牙舞爪地和父親對視半晌，知道他不是在開玩笑，於是咬牙切齒地道：「我還沒玩夠呢，現在不想嫁。他答應我也不答應。你敢逼我，洞房之夜我就把他閹了！」

文先生翻了翻白眼：「那是你該考慮的利益，與我何干？」

「老總，你在哪兒呀？」

洛菲趴在辦公桌上，小聲地問。

玻璃窗外面擠滿了人，由於窗紙薄膜貼了近一人高，所以外面的人都把相機舉得高高的，咔嚓咔嚓朝裏邊胡亂照個不停。

「我去看守所看一個朋友，怎麼了？辦公室那邊很亂吧？呵呵，今天的早報我也在看，這些記者效率是蠻高的，一晚上工夫，一篇栩栩如生、引人入勝的好文章就寫出來了，嗯，看著真是驚心魂魄，如果主人公不是我，我也會當成真的啦，哈哈……」

「去……去看守所呀？」洛菲一聽，心頭便是一跳，說話也結巴起來。

「他怎麼一早放著亂攤子不收拾，跑去看守所了呢？莫非，老爸的猜測真的應驗了？」

一念及此，洛菲不禁心煩意亂。

哪個少女不懷春，洛菲也曾幻想過自己的另一半，但那個人在她心裏始終是個虛無縹緲的影子，無法勾勒出一個具體的形象。因為她從小就知道，哪怕爸爸再疼她，以她的家世，她的婚姻也永遠不會由她自己做主。

她未來的丈夫人選首要考慮的不是她喜不喜歡，而是有沒有能力接管她父親的經濟帝國。平心而論，張勝無論是人品相貌，還是性格脾氣，她都蠻欣賞的。一對青年男女朝夕相處一年多，相處愉快融洽，她又明知這個男人是父親為她選擇的伴侶，心裏不可能沒有留下他的一絲印記。

不過她年紀輕，玩心重，出國留學時又受到美國年輕人的生活觀念影響，即便男方非常優秀，合她的心意，她也沒有這麼早就披上嫁衣，從此相夫教子的打算。

再說，張勝從沒把她當成一個追求對象，他對自己的態度，一直只是一個和藹的老闆、一個情投意合的朋友。在她的調查資料裏，張勝有好幾個紅顏知己，就算生在大富之家，對這種事從小就見怪不怪了，她心裏還是有點兒不舒服。

如果他去看守所，真的是答應了老爸的條件，那麼……她可以預料，她除了披上雪白的婚紗做他的新娘，根本沒有第二個選擇。

洛菲想到這裏，煩惱地蹙起秀氣的眉毛。

她的手下意識地伸到抽屜裏去摸巧克力，可惜巧克力已經吃光了，於是一根秀氣的手指便按到了唇邊，她緊張地咬起了指甲……

「啪啪啪！」

「砰砰砰！」

「咔嚓、咔嚓！」

門外傳來一陣拍打和拍照的噪音，電視台、報社、電台的記者在外面高聲呼喊：「張勝先生，請接受我的採訪，我只問幾個很簡單的問題……」

「張勝先生，我是市電視台的記者，希望你能接受我的採訪，這次期貨大戰……」

辦公室只有洛菲一個人，早上董舒和申齋良來過，等到上班也不見張勝的蹤影，兩人黯然收拾行裝和洛菲握手作別了。劉斌鴻昨天氣跑以後，一直就沒再回來過。

往日熱鬧、輕鬆的辦公室裏，如今只剩下她一個人，空蕩蕩的非常冷清，門外倒是嘈雜一片，吵鬧不休，心煩意亂地想著心事的洛菲終於火氣上升，按捺不住了。

門外，一個高個子記者把照相機舉得高高的，一邊向室內各個角度拍著照，一邊拍著門喊：「張勝先生，我是晚報記者夏雨軒，張先生……」

「嘩啦」一聲，房門猛地拉開，一個女式西裝、短髮齊眉的女孩兒出現了，她柳眉倒豎、杏眼圓睜，雙手叉腰成茶壺狀，發飆道：「吵吵吵，吵什麼吵？」

「請問你是張勝先生的什麼人？」

「請問張勝先生在嗎？」

「咔嚓、咔嚓……」

一片閃光燈晃得洛菲頭暈眼花。

她深深吸了口氣，那不夠飽滿的胸膛為之一挺，居然也小有規模。

「張勝嗎？他已經賠得傾家蕩產了！」

「那麼張先生現在什麼地方，能夠接受我們採訪嗎？」

「你們不用採訪他了，他負債累累，現在正找風水寶地準備上吊吶！」

「請問這個消息確實嗎？」

「請問他在什麼地方上吊？」

「請問，他已經上吊了嗎？」

「請問，你是他的什麼人？」

洛菲沒好氣地做獅子吼：「我是他什麼人？你說我是他什麼人？本姑娘以前是他的員

工，姑奶奶以後就是他的債主！」

「碰」，房門重又關上。

門外，問聲依舊，仍有敬業的記者高聲追問：「請問，他欠了你多少工資，他真的決定自殺了嗎？他沒有留下什麼話嗎？」

洛菲跑進裏屋張勝辦公室，把房門關得緊緊的，然後打開電腦，咬牙切齒地玩起了「接龍」……

張勝父母家裏，現在一通混亂，張清夫婦抱著孩子和老倆口都在大廳坐著，鍾情則在苦口婆心地勸。

「喂，黑子？對，不用擔心，勝哥現在心情很穩定。哦……不用來看他，現在情形很亂，他需要處理一些事情。對，對，我在這兒呢，放心吧。」

鍾情擱下電話，接著方才的話繼續寬慰他們：「伯父、伯母，張老弟，你們不必著急上火的，根本沒有外界傳得那麼嚴重，你們切記不管是誰問起，不要做任何答覆，否則他才會真的陷入困境。」

她看看手錶，抬頭又道：「他現在正在會見一個重要人物，那個人能幫助他擺脫困難。

張勝讓我來是為了抓緊時間，因為他的計畫昨晚才剛剛制定，時間上有些倉促。我來，是要和你們商量一件大事。」

鍾情以前時常上門代張勝照顧二老，如今張勝和橋西匯金企業已經沒有多少關係，但一有事情，鍾情還是會出現，替他管好後院。張父張母雖然憨厚老實，也看得出兩個人的關係似乎不一般。

張父忙道：「鍾小姐，我明白了，你儘管說。」

鍾情猶豫了一下，說道：「是這樣，伯父伯母都是退休的人。張清老弟……你哥哥出資給你開了家超市之後，也辭了原單位的工作，現在是自由之身，所以這件事辦起來不算為難。他要我帶你們……離開這兒，我們去北京。」

張父張母一聽都慌了神，張母忙問：「去北京？去那兒做什麼，我們去哪兒住啊？勝子到底出了啥人事情？他是不是欠了人家許多債？」

鍾情安慰道：「伯母，您別怕。不是你想的那樣，其實……」

手機又響起來，鍾情拿起一聽，說道：「胖子？嗯，怎麼樣了？好，我下午就回去和你辦轉讓手續，水產公司歸你了。嗯……呵呵，當然不急，我知道你一時籌不出那麼多錢，餘款慢慢還就好。他呀，放心吧，張勝倒不了。」

兩個人又聊了一陣，說了許多張父張母聽不懂的話，放下電話，鍾情笑道：「伯父，伯母，你們真的不用太擔心。張勝沒事的，反正你們就記住一點，除了咱們面前這幾口人，不管誰問，什麼都不要說。」

「張勝不是生意虧了，而是有人要害他，他怕你們受牽連，讓我帶你們走。哎呀，多的我也沒法說了，生意場上的事……很複雜的。北京那邊你們不用擔心，張勝早以伯父的名義存了一大筆錢，而且……他還會轉一大筆錢過去，我們在那兒做房地產生意。」

「閨女啊，你這話說得不落不實的，我聽著心慌呀，到底發生了什麼事了？」張母急得直跺腳。

一直沒說話的張清忽然道：「媽，你別問了。哥從小就特有主意，聽大哥的安排吧！」

這時，家裏電話又響了起來，張母接過電話聽了幾句，緊張地捂住話筒，六神無主地道：「不認得這人，說是老大的朋友，好像是記者吧，一個女的，問咱家老大的情況呢，怎麼辦？」

張父說道：「我來接。」

「等等，我來！」鍾情機警地搶過去，從張母手中接過了電話。

電話對面，秦若男心急如焚。

她是一早從電台節目中聽到省城發生的情況的，由於這次出差是執行秘密任務，手機全部上繳，手機裏存貯的張勝的手機號碼，以前一直設成快捷鍵，她沒有刻意去記，事到臨頭反想不起來了。

他公司電話，秦若男是有印象的，可是打了半天，不是占線就是沒人接。好在張勝家裏的電話也曾告訴過她，因為張勝開玩笑地說當初裝電話時，那個電話局的女孩挺喜歡他的，特意給他挑了個吉利號「二二七八五八五九」。由於這個小故事，秦若男反倒記得牢牢的。

可她從未給張勝父母家掛過電話，心裏著實忐忑不安，要不是心切難禁，她還真沒勇氣貿然打電話，所以電話接通，她便急問張勝近況，不好意思自表身分。

「喂，你好，請問你是哪位？」

「哦，我是張勝的朋友，想問問他發生了什麼事。你是哪位？」

鍾情看了眼張勝的家人，他們一家都圍在旁邊，正眼巴巴地看著她。鍾情做了個噤聲的手勢，然後冒充了張清媳婦的身分道：「我是他的弟妹，大哥投資上出了大問題，全家人都很上火，請你們記者也有點兒同情心，不要再打電話騷擾。如果你真是他的朋友，請直接打他手機。」

秦若男急道：「喂……」

「咔嚓！」電話掛斷了，秦若男聽著忙音一陣發怔……

「隊長，我有急事，需要馬上回省城。」

劉隊詫異地道：「案子剛剛辦完，今天正想領大家好好放鬆一下，明天我們就回去了，忙什麼呢？」

「隊長，我家裏有件急事，必須得馬上回去。」

「那……好吧，你先回省城。」

「文哥！」

張勝見到文先生，微笑著喚了一聲。

昨晚授意洛菲向各大報社曝料之後，張勝便叮囑鍾情一番，讓她今天一早去自己家裏做好父母和兄弟的解釋安撫工作，免得聽了消息自家亂作一團。隨後，他便給若男去電話，可是若男手機關機，張勝這才想起若男這兩天去省外辦一樁大案，得後天才回來。

「她的工作性質特殊，有時是不能開機的。這樣也好，等她回來我再把事情原原本本說給她聽吧。」

公司方面張勝卻沒做什麼安排，他現在就是要給外界一種兵敗如山倒的頹勢，亂一點兒更好。反正他這個正主不在，想亂也亂不到哪兒去。

徐海生的一再迫害，使他意識到一旦與這條毒蛇成了對手，而自己又能有所發展，現在或未來可能會對他造成威脅的話，徐海生會不擇手段地把自己這個潛在對手幹掉。

徐海生悄然殺入期貨市場，對他實施狙殺之後，把他叫到當年他發跡的地方，又當著鍾情的面打擊他，勸鍾情重回他的懷抱，就是為了徹底瓦解他的鬥志，想逼他自殺。

這個人太惡毒了，說起來張勝並沒有對不起他，他最初也沒想對付張勝。在匯金公司受到查辦時，他只是置身事外，逃之夭夭罷了，但是張勝在看守所接受審訊期間，怕把他也牽連下水，進入警方視線的可能。徐海生心中有鬼，不願引起警方注意，這才打定主意讓張勝永遠消失。

現如今，那樁案子已經平息，威脅也不復存在，但兩個人之間的仇隙卻已種下，如果張勝出獄後只是一個碌碌無為的普通人，對徐海生構不成任何威脅，那他或許會放張勝一馬，但是現在張勝偏偏鋒芒畢露，在東北資本市場與他比肩而立。

徐海生這種人是寧可我負天下人，天下人不可負我，哪肯讓張勝這個潛在威脅一天天壯大，自然處心積慮想做掉他。現在除非張勝放棄自己的前程，讓他感受不到什麼威脅。否則，他就會千方百計、明槍暗箭地對付這個對手。

張勝必須主動應戰了。他現在的實力還不足以與徐海生一戰，而且，徐海生一旦獲悉這次被他利用，一定會提高警惕，而且會更加迫切地想幹掉他，憑自己的力量與徐海生正面為敵的話，那將是一條很艱辛、很難成功的路。

於是，張勝想到了他在這種困境下唯一可以借助的臂力：文先生。

他知道文先生這筆錢如果不能合理地漂白，是不能拿出來使用的。能幫文哥漂白這筆錢的人，不是除了他沒有第二個人，但是能在那麼一筆龐大財富前不起據為己有念頭的人卻不好找。

而且，這個人是必須要同他女兒成親的，因為不通過這種手段，幫助文先生漂白的錢財還是不能合法合理地轉進他的家族。這一來，符合條件的男人就更不易找。

現在，事情已經很明瞭了。

文哥需要一個代理人，這個人要符合四個條件：

一、這個人與文哥的家族在過往的經營過程中全無關係，不曾受過監控。

二、這個人得有讓別人確信他有在資本市場上朝夕之間聚斂巨額財富的能力來洗錢。

三、這個人必須得重言守諾，不為財帛所動，不會在巨額財富移交到手之後生起異心。

四、這個人必須得年歲相當，這樣他才能迎娶文先生的女兒，成為文哥家族的一員，為整個家族掌管財富才名正言順。

這樣的人並不好找，奇貨可居之下，張勝有信心讓文先生做出一些讓步，與他達到協議，以幫助他漂白財富，安全轉移到他的家族手中為條件，借他的力量，達到自己的目的。

「怎麼樣，肯接受我的條件了麼？」

文先生微笑著坐下，接過他敬上的香煙。

「是的，我可以答應你的條件。給我兩年時間，我就可以把你的巨額財產全部運作漂白，讓它變成誰也查不出來龍去脈的合法所得。」

文先生目露驚喜，欣然道：「只要兩年麼？我果然沒有看錯你，能力不足的人撐死也沒有這麼快。」

文先生笑吟吟地又道：

「不過……不需要這麼急，數十億美元的資產要在兩年內轉為合法收入，時間太短了點兒，不要急功近利出了問題。反正，我們馬上就是一家人了，運作過程再長一些，更加安全。哈哈，說不定我會先抱上外孫，然後才得到你大功告成的消息。」

張勝一蹙眉頭：「文哥，不是十億麼，怎麼……」

文先生眨眨眼，狡黠地笑：「那十億麼，我說的只是現金。」

張勝想了想，說道：「還是兩年，兩年之內，我把它合理合法地轉回您的家族。作為交換條件，我需要您做一個讓步。」

文先生目光一凝，深深地看了他一眼：「此話怎講？」

張勝俯身向前，目光也變得幽深起來：「我想，變通一下您提出的條件……」

第五章

沒有契約的交易

文哥畢竟是一代梟雄，
雖然他看好的這個年輕人執意不肯當他的女婿，未免令他遺憾，
但是權衡一番利弊，他還是果斷地答應了張勝的條件。
這是一場沒有契約的交易。
沒有法律的保護、沒有權力的束縛，
這是一場全憑人的道德自律來約束的交易。
當張勝從文哥手中接過開啟金山的「鑰匙」時，
從這一刻起，他已經成為世上可以決定這筆財富歸屬去留的唯一的人。

「徐先生，您現在可是東北王啊，哈哈哈，恭喜恭喜，現在電台、報社都在講你的事，威名遠振啊。」

徐海生用兩根手指，挾著金燦燦的仿古電話，臉上掛著矜持的笑意：「哪裏，哪裏，不過是媒體誇大其辭罷了，張勝此人雖出道很晚，鋒芒畢露，畢竟根底尚淺。呵呵，勝之不武，勝之不武。」

一個祝賀的電話放下，另一個電話又打進來，照例是一番恭維、求合作或投到他門下的話，徐海生用手指梳理著頭髮，手指間一枚碩大的鑽戒閃閃發光：「哈哈，歡迎歡迎，合則兩利，互惠共榮嘛。哦？晚上吃飯，哈哈，你老張請客，哪有不去的道理？那我可卻之不恭了。哎，什麼蓬蓽生輝，東北王？過獎了過獎了，那……晚上見吧。」

徐海生拿起桌上一份報紙，上面頭版頭條報導了這場期貨角逐他大獲全勝，股壇新秀張勝慘澹收場的消息。

「東北王？」徐海生微微地笑了：「當今東三省的地界兒上，也只有我徐海生配得上這個稱呼。不過一個東北王怎能讓我滿足，總有一天，我要成為整個中國資本市場上呼風喚雨的教父級人物。」

放下報紙，他微眯著眼睛沉思了一會兒，那個曾經的對手張勝已經被他拋諸腦後了，他現在有著更高的目標、更大的野心、更廣闊的天地，一隻喪家犬還有什麼好擔心的？

「徐先生，」艾戈站在一旁，陪著笑臉道：「徐先生，那個張勝現在已經垮了，他既然曾經跟徐先生過不去，可不能就這麼便宜了他，要不要兄弟叫幾個人去教訓教訓他？」

艾戈並不知道張勝與徐海生昔年的恩怨，不過那天徐海生去見張勝，車上帶的幾個保鏢就是他派去的，多少聽說一些，他還以為張勝和徐海生的恩怨糾葛是因為當時被抓起來的那個女人，所以自作主張地想替徐海生出出氣。

「不必，他既然沒有勇氣死，那就讓他像條狗一樣地活著吧。」

徐海生剛剛發完善心，忽地想到鍾情對張勝的死心塌地，心裏一陣不舒服，沉吟了一下又道：「嗯……派幾個人去盯著他也好，看他在做什麼。」

「是！」艾戈有了表現的機會，頓時精神一振，他諂媚地向徐海生一笑，滿臉橫肉哆嗦著退了出去。

古代的帝王權力傳承的時候，是一種什麼樣的心境呢？

不是當事人，誰也無法準確地描述，現在張勝卻有種類似的感觸。

當他走出看守所的大門時，他的腳踏在地上是有力的，看向什麼地方時，哪怕那裏再高，心氣兒上都覺得更高它一等。這是一種一切盡在掌握的感覺，這就是權柄的魔力，如同毒癮，讓人隱隱有種快感，飄飄欲仙。

從他走出看守所的那一刻起，明裏暗裏，已經有一批人在暗中保護他。這才是超級富豪，每天無論你醒著還是睡了，總有一批人在圍著你轉，他們每天唯一的生活重心就是你。

文哥已把他的經歷簡略地說給了張勝聽，張勝沒想到他竟是那個赫赫有名的大人物。張勝原不過是升斗小民，並不知道文哥的存在，這些事還是從商之後才偶爾聽別人說起過的。

他不姓文，而姓周，周行文。市井間傳說他六年前就離奇失蹤了，想不到他居然被關在這裏。

他是一個傳奇，少年時撿過破爛，青年時靠做鞋和電器起家，曾經壟斷江南半壁江山的空調、冰箱、電視銷售；然後又做地產，北京、上海、深圳、海南，一大批高檔建築出自他的公司。

他的建築公司，以質優價廉的競爭力衝出國門，在南非和澳大利亞擁有了一席之地。那裏是鑽石之鄉，沒有人知道他在其中做過些什麼，但是緊跟著他就開起了珠寶公司，成色最好、品種繁多的一流鑽石、黃金飾品，風靡一時，引領全國時尚。

隨後，他開始涉足資本市場。當時的中國上市公司存在著大量未流通的「國家股」和

「法人股」，在上市公司的股份中佔有很大的比例，同時價格遠低於「流通股」。

文先生利用他旗下方方面面各個行業的數十家公司，逐漸投資成為其中一些企業的「控制性股東」，然後以很低的價格受讓國家股、法人股，實現對上市公司的控制。

國家股、法人股的受讓價格是同期流通股平均價格的百分之十三左右，所付代價極小。此後，只要對這家公司做一點點投資，製造市場利好，然後選擇不花一分錢現金、且最受股民歡迎的高送股方式分紅，股價立即如坐火箭般上升。

沒有證據表明作為那麼多上市公司的控制性股東，文先生有沒有從二級市場獲取巨額收益，審計署能看到的，只是他以幾何倍數飛速增加的資產餘額。

以傳統的實業模式滲透到金融領域、資本市場，又是在一個交易監管機制尚不健全的初級資本市場，文哥很快成為這個市場上炙手可熱的大人物。在他被秘密拘捕接受調查時，他的經濟帝國已經控制了數百億的財富。

拘捕工作雖然隱秘快捷，還是被文哥事先獲悉一些風聲，當他被捕時，他個人名下過百億的財產不翼而飛，貸款二十多個億直接爛賬近十五億，公司總部在被查封前一個月發生了一場大火，所有帳本燒個精光，資金去向無從查證。

文哥在朝野上下人脈通天，有些人不能明著保他，但是表個態查清事實、追回鉅款卻是名正言順的。然而問題是，他的罪名不清不楚，有的不好判、有的沒法判，賬查不明、錢追不回，最後只好不審不判，把他軟禁了起來。

現在，這筆不翼而飛的巨大財富，將逐步轉移到張勝名下。

張勝同文先生的談判結果是：他在適當的時候開始逐步接收這筆錢，幫助文哥把它漂白，然後轉移回周氏家族手中。

但是他已有所愛，不會入贅做周家女婿，只能採取變通的方式把錢轉回周家，即只是在需要的時候，與周大小姐建立名義上的合法婚姻關係，在完成資產輸送後，便解除此關係。

如此一來，張勝只是過路財神，這筆錢只是在他手裏過了一圈，他並不能成為這筆錢最後的主人。兩年之後，他將把這筆錢全部轉移到周氏家族名下。

替文哥做這種事，風險極大。同時，如果沒有共同利益，文哥難免心生疑慮。因此，雙方還商定，作為報酬，在這兩年期間的運作裏，用文哥的資金經營所賺的利潤將劃歸張勝，同時，兩年後全部財產移交的時候，張勝名下將保留百分之十的資產。

文哥畢竟是一代梟雄，雖然他看好的這個年輕人執意不肯當他的女婿，未免令他遺憾，但是權衡一番利弊，他還是果斷地答應了張勝的條件。

這是一場沒有契約的交易。

沒有法律的保護、沒有權力的束縛，這是一場全憑人的道德自律來約束的交易。

當張勝從文哥手中接過開啟金山的「鑰匙」時，從這一刻起，他已經成為世上可以決定這筆財富歸屬去留的唯一的人。

接收財富、漂白財富、壯大自己；在適當的時候，會見周大小姐，與她完成利益輸送過程；把徐海生捧上神壇、引他入彀、狙殺這條兇殘的鱷魚……所有的一切，都要在兩年內完成。兩年之後，他將開始屬於自己的新的人生。

這局棋，從張勝走出看守所大門的那一刻起就開始了……

「小菲？」

「張總……」

「小菲，謝謝你這兩年來支持我、幫助我。」

「張總，怎麼突然這麼說？」

「小菲，你知道，有人要對付我。」

「是啊，可我們沒有吃虧呀，還陰了他一把。」

「呵呵，傻丫頭，那憑的不是實力，如果被他知道真相，我會死得很慘。我想離開這裏，一個人去南方闖蕩一下。如果有一天，我有本事和他抗衡的時候，才會回來這裏。」

「什麼？」電話裏洛菲驚叫起來：「張總，你要離開這兒？那……那我怎麼辦？」

張勝柔聲安慰：「傻丫頭，我是去闖天下，又不是去旅遊，怎麼帶你去？再說，你的父母也不放心啊。我已經轉了一百萬進你的戶頭，夠你這小丫頭用的了。呵呵，放心吧，用不了兩年，我就會回來，張氏投資會重新開張營業。如果……那時你還想跟著我幹，那你就是我永遠的財務總監！」

「真的？一言為定哦！」

「大丈夫一言既出，駟馬難追。」

「嗯！我知道，張總是要避其鋒芒，尋求發展。我不拖你的後腿，張總……人家真不捨得你……」

「唉！我也是啊，徐海生……我開的第一家公司，被他攪得人去樓空；第二家還是在他手中敗落，不會再有第三次了，第三次嘗到這種滋味的，一定是他！」

「嗯！我對張總有信心，你一定能行的。」

「呵呵，你當然這麼想，要不然到哪兒找一個金飯碗似的財務總監做？」

電話裏，洛菲也嘻嘻地笑了起來。

電話掛斷，洛菲從鼻子裏哼了一聲：「這個傢伙，真沒良心，都不告訴人家真相。」

嚴鋒翻了翻白眼，說：「大小姐，好像你也沒告訴人家你是誰吧？哦，對了，你都瞞了人家兩年了。」

洛菲嘿嘿地笑起來，向他扮個鬼臉：「你說他要是知道了我的身分，會不會惱羞成怒地揍我？」

嚴鋒一本正經地道：「會，會把你的屁股打成猴屁股，讓你坐沒坐相、站沒站相的。」

洛菲正蹺著二郎腿大模大樣地坐在沙發上，一副二爺德性。聽了嚴鋒的話，瞪了他一眼，威脅地瞇起眼：「師兄……」

嚴鋒連忙岔開話題道：「其實……張勝真的蠻不錯，我這兩年一直把他當妹夫看的，唉！想不通，真是想不通，換一個男人，哪怕你醜若無鹽、年逾八旬，有數十億美金的嫁妝，他也忙不迭答應娶了，可是張勝偏偏要拒絕了，他甚至不知道你長什麼樣子。」

洛菲眉尖一挑，開心地笑道：「那不正好？他要真答應了，老爸非逼我出嫁不可。」

嚴鋒笑笑，搖頭道：「你們一個不願娶，一個不願嫁，我這外人不好摻和。算了，他現在『一敗塗地』，我這老朋友，該去看看他表表心意才對。我得走了，然後我就先回南方，你呢？」

「你不用管我，我再陪老爸一段時間好了，反正這段時間，他不用見我。」

嚴鋒離開之後，洛菲從口袋裏掏出一塊巧克力，剝去包裝，遞到嘴邊咬了一小口，忽然覺得沒了胃口：「我又沒說要嫁你，可是……你也太不給面子了，憑什麼見都沒見過我就把我Pass了呀！」

洛菲把巧克力往桌上一丟，枕著手臂往沙發上一躺，眼睛忽閃忽閃的，很不開心的樣子……

張勝送嚴鋒下樓，他現在獨自一人住在玫瑰社區。

因為要獨自南下，他不知道徐海生這個人還有沒有後續的手段，至少他曾放言要對付鍾情，所以張勝放心不下，建議她和家人全部遷走。

鍾情行動非常迅速，她把自己的事業全都當成張勝的，張勝讓她離開，她毫不遲疑，當即答應。因為企業是轉給郭胖子，不需要太囉嗦的手續，一些後續事情完全交由郭胖子自己去操辦，同時他和黑子還要幫忙把張清的超市盤出去，而鍾情則直接帶了張家的人連夜離開了省城。

樓下停了輛麵包車，車門開著，裏邊一個男人坐在座位上，臉色陰沉地看著他，手裏一把雪亮的尖刀，正有一下沒一下地用指肚試著刀鋒，旁邊車窗開著，裏邊探出一雙大腳，有人正在睡覺。

張勝送走了嚴鋒，走回去時看了看那輛車，淡淡一笑。

遠處，另外一輛麵包車裏，艾戈正在興高采烈地給徐海生打電話：「徐先生，我想……用不著我們出手啦，哈哈哈……」

「怎麼？」

「剛剛我派兄弟過去踩盤子，發現張勝住處已經被人監視起來了，我認得他們中的一個，他們是羅大炮的人。」

「羅大炮？被張勝把五百萬全虧光了的那個人？」

「是啊，徐先生，這個人絕對是混黑道的，張勝把他的錢全賠光了，要是還不上，羅大炮能把他拖進池塘餵魚。」

徐海生暢然大笑：「天作孽，猶可違；自作孽，不可活呀！哈哈，帶你的人趕快撤，免得張勝橫屍街頭，被人懷疑到咱們頭上。」

「好勒，我這就走！」艾戈笑嘻嘻地收了線，對手下一擺手，車子發動，帶著一幫打手揚長而去。

張勝站在樓上，揭開一角窗簾，看著那輛麵包車揚長而去，淡淡一笑。

樓下停著的那輛車上的確是羅大炮的人，不過他們並不是來修理張勝的，恰恰相反，他們一方面要負責保護張勝，還要在今夜上演一幕苦肉計，讓張勝離開得合情合理。

當然，這些人只是羅大炮派來的小混混，張勝另有一批真正的保鏢在暗中追隨著他。從他成為文先生的代理人那一刻起，他受到的重視和保護比周大小姐還嚴密十倍。

夜幕降臨了，張勝正在收拾皮箱。

再過一會兒，羅大炮的人就會持著砍刀衝上來，然後他就會很「狼狽」地逃出去，落荒而逃，一逃三千里，遠離省城。這一切，當然會被一些「有心人」看到，繼而張揚出去，傳進徐海生的耳朵。

就在這時，一輛警車風馳電掣地駛進玫瑰社區，在一聲尖厲的剎車聲中停在張勝所住的樓房幢口。車子剛剛停穩，秦若男便從車裏跳了出來，身著一套藏青色九九式女警制服，頭戴翘簷筒帽，腰紮武裝帶，身形只一閃，便衝進了樓內。

攥緊西瓜刀正準備衝下車去演戲的幾個哥們兒，一見這情形傻了眼，紛紛扭頭去看大哥。那位大哥一看這架勢也沒了主意，趕緊給羅大炮去電話。

張勝正對著鏡子繫著襯衫紐扣，忽聽一陣砰砰砰的砸門聲，只道羅大炮的那班兄弟到了，他連忙穿好外衣，提起手提箱便走，到了門口打開門一看，張勝一下子愣在那兒。

秦若男臉色蒼白，一隻拳頭還舉在空中。

「若男……」

秦若男一見他安然無恙，不由地一臉驚喜。

門「咔嚓」一聲被風帶上了，秦若男喃喃道：「你沒事，你沒事。」

她緩過氣來，忽然在張勝身上狠狠捶了幾拳，怒道：「你為什麼這麼嚇我！打你公司電話、你家裏電話，統統沒人接。電台一直在講你走投無路，我……我快嚇死了……」

說到後來，秦若男的聲音哽咽起來。

張勝手裏的皮箱落了地，他抓住秦若男的拳頭，輕聲道：「傻瓜，打我手機呀。」

秦若男瞪起了杏眼：「我執行任務的時候，手機都上繳了，天天直撥的號碼，誰還用心去記？」

說到這兒，她忽然變成一臉擔憂的神色，打量著張勝的模樣道：「你……要走？賠光了不做這一行就是了，為什麼要離開？你代客炒股又不是保證了只賺不賠，誰敢打你的主意！」

張勝心中湧起一股柔情，他親呢地刮了一下秦若男的鼻子。

秦若男一身戎裝、荷槍實彈地衝上來，有這麼一個彪悍的員警女友，張勝估計羅大炮安排的那些人怕是沒膽子衝上來了，現在只好先離開這兒再說。他牽起秦若男的手，提起皮箱道：「走，我們先離開這兒，出去再說。」

秦若男答應一聲，兩個人到了樓下，麵包車開了一扇窗，那位大哥叼著煙捲兒，一臉呆滯。

秦若男看到有人坐在正對樓門的麵包車裏，眼中露出了然和警惕的目光，手下意識地摸向槍套。張勝連忙推著她道：「走，走，上車。」

他把秦若男推上駕駛座，繞到另一邊，先匆匆給羅大炮打了一個電話，然後打開車門坐上去，說道：「走！」

警車從那輛麵包車旁邊駛了過去，張勝坐在副駕駛的位置上，和那位負責「砍人」的大哥碰了一下眼神。

片刻之後，羅大炮的電話到了。那位大哥接完電話，精神抖擻地喝道：「兄弟們，跟我上樓！」

說完一馬當先衝了出去，帶著人衝上樓，照著空無一人的張勝住房一通拳打腳踢、刀劈斧砍，嘴裏不停地喊著：「殺人償命，欠債還錢！小子，不要跑！」

「事情就是這樣。」張勝把經過原原本本地對秦若男述說了一遍，凝視著她的眼睛說：「為了今後的安全和幸福，我不能一輩子提防著這條毒蛇。所以，這一次我要主動出擊，打敗他！徹底消除隱患。」

「就是他，虛假注資，事後逃之夭夭，害你蹲了那麼久的監獄？」

「不止如此，他還幾次想謀殺我，只是我福大命大，都躲了過去。」

秦若男的表情有點怪異：「你……還對我隱瞞了一些事情，否則有些地方講不通。」

張勝的目光閃爍了一下：「若男，你是員警，所以有些事我不能告訴你，否則你這小傻瓜一定在情感和職責之間為難自己了。」

秦若男急了：「你不許……」

張勝一把握住她的手指：「當然，我一不殺人放火，二不喪盡天良。我保證不做有悖良心的事。」

秦若男側著頭看他，眼睛晶亮晶亮的，似乎想看透他的心。

張勝問道：「你看什麼？」

「我……辦過不少案子，也聽說過許多離奇的事，可是就是想不通你說的理由，為什麼……你要和那個女人假結婚，她的父親才肯幫你？他到底是誰？」

張勝誠懇地道：「相信我，這不過是權宜之計，就和假結婚向單位要住房、假結婚為了辦綠卡一樣，僅僅是一項交易。如果更恰當地說，你可以把它看成一場電影，那只是一場戲。我保證，否則天打五雷劈。」

「那個女孩……你見過嗎？很漂亮吧？」

「……」

「她爸爸很有錢……」

「我也很有錢，兩個多億，一輩子都花不完，還要那麼多錢做什麼？」張勝心裏想說：我想要的，是一個可愛的女孩，我被人像一條狗似的鎖在暖器片上時，她心疼我；我成了一個讓人如避瘟神的犯人時，她偷偷地送吃的給我；聽說我落魄不名，被人追殺的時候，她肯拿起槍來保護我的美麗女孩。可是，這些話他說不出來。

秦若男的眸光蕩起了柔軟的神采，她的眼簾眨了一下，幽幽地說：「你說……只能如此，那我選擇……相信你！」

「若男，我知道我今晚說的事，你聽起來很荒唐。或許有一天，當我們老去，坐在搖椅上，那時，我會把這件事的整個經過都說給你聽，但是現在，有些事……事關重大，而你的職業很敏感，我必須瞞著你，但是請你相信我，我不會負你！」

「我相信你！」

秦若男抬起眼簾，瞟了他一眼，輕輕呢喃道：「我相信你。勝子，其實……我也有個秘密，一直沒有和你說。一開始，是不應該跟你說，後來，是不想說，現在，我想告訴你。」

「什麼？」

秦若男臉上帶著甜甜的笑，笑容中腮上有晶瑩的淚：「其實，我們很久以前就認識了，你救過我……」

「我救過你？」張勝驚訝地道。

秦若男慢慢地點頭：「是的，你救過我。」

她把當初還在警校時配合刑警隊抓捕幾個毒梟的事說了一遍，張勝想了半晌，那一幕回憶才淡淡地回到了他的心頭。

「即將陷入魔掌的女臥底與一個失業工人、手機妹妹和大老闆、女警與犯人……若男，我們的經歷就是多姿多彩的一個傳奇故事，我想……我們的緣分是天註定的。」

秦若男吸了吸鼻子，臉色臭臭的：天註定麼？你的第一個女人不是我也就算了，連第一次結婚也不是我……

「到了。」候機室外稍顯僻靜的地方，秦若男停好車，依依不捨地看著張勝。

「不陪我進去？」

「不……」秦若男搖頭，「我不想穿著制服在人前落淚。」

微弱的燈光映著秦若男的臉蛋，瑩瑩如玉似的膚色。秦若男道：「檢票時間不多了，快走吧。」

張勝嗯了一聲，他依戀地又看了看秦若男。

秦若男咬著嘴唇，暈著臉俏皮地笑，昵聲道：「勝子，我等你回來。」

張勝心中一蕩，正容說道：「若男，等我歸來。歸來時，我將是一個王者。」

秦若男輕聲道：「我才不在乎你是不是什麼王者，只要你是你……就好。可惜你們男人，總是以掌握權柄財富為樂。」

張勝柔聲道：「權柄、財富，我是想掌握它。因為有了這些，我才有保護我的事業、我的家庭和我的女人的能力。笑傲江湖，是很多人的夢想。我也曾這樣想過，只是……天底下真正能夠做到笑傲江湖的，又能有幾人？笑傲江湖之後，善始善終的又能有幾人？我已經想通我真正想要的是什麼了。」

兩個人眼放柔光，默默凝視，許久許久，秦若男才輕聲提醒：「你該走了。」

「嗯！」張勝點點頭，提起皮包打開車門。他一隻腳邁下去，又回頭微笑著說：「別擔心，等著我。任何一本武俠小說裏，笑傲江湖、快意恩仇之後，男主角都會回來成家的。」

秦若男眸中波光流動似在盈淚，卻忽地「噗哧」一笑：「說得好聽，那些男主角回家成家時，總是會帶回來好多堡主千金、谷主千金、大家小姐、江湖女俠，還有大宮主、小宮主什麼的……」她咬著唇白了張勝一眼。

張勝一愣，豁然大笑。大笑聲中，他提起皮箱，大步向候機大廳走去。

「南海鱷魚」一家獨大，「東方不敗」敗走他鄉！

徐海生獨霸東北，張勝悄然抵達深圳。

深圳，不是北京那樣的政治文化中心，也沒有上海那種傳承百年的雍容，和這兩者比起來，它多了幾分浮躁，也多了幾分年輕的生命活力。

深圳是一個男女比例一比七，但是單身男人卻最多的地方。

深圳是一個讓你時刻在受傷卻不得不強裝堅強的地方。

深圳是一個許多人每天都想離開，卻一直不能離開，有機會離開時又放棄離開，繼續想著離開的地方。

在這彈丸之地，一件襯衫八千多；一支眼霜上千元；一套女裝數十萬；一張高爾夫俱樂部的會員卡也不貴，八萬元，不過是美金……

這裏富豪雲集，是最吸引眼球的地方，當然也招來一些人的非議。不過人家悍馬、飛艇，也是憑本事賺來的，不見得就是品性不好。那個時代，這裏是製造富翁和乞丐的工廠。

「你需要重新包裝！」

當張勝被帶進一幢皇宮般豪華的俱樂部時，在一間寬敞的貴賓包房見到了一個身著名牌西裝，腕戴卡地亞名錶，一臉嚴肅的中年人，儒雅的氣質，不容置疑的威嚴。

張勝只是淡淡地點了點頭。他不認得這個人，但是他知道，這個身家很可能早已過億的中年男人也是他的部下，是文先生的經濟帝國控制下的一員。

他們當年都是叱吒風雲的人物，因為文先生的被捕而蟄伏，在這裏靜靜等候著他們新的領導人登基加冕，開啟王國的寶庫，帶領他們重返硝煙彌漫的經濟戰場。

「先生，您的第一份工作，將是這家俱樂部的一個侍應生，您在這個崗位上至少要幹半個月，然後，您會在一個『偶然』的機會裏，救下受人暗算的俱樂部老闆鄧先生。」

一個西裝筆挺的中年人肅立起身，向張勝欠身示意，神色在拘謹中帶著一些興奮。

「因為這層關係，您會被鄧先生委以重任，掌管財務部。然後，您會展示出您在資本市場上的敏銳和特長，從而全權負責鄧先生在證券市場的投資。」

他微微一笑：「鄧先生涉獵很廣，股票、期貨、權證、黃金等交易都有涉及，我們會有一些專門人才輔助您，提供各種意見供您決策。只要成功完成幾筆投資，我們就會把成績誇大十倍向外傳揚，然後……俱樂部的許多大富豪會在他們幾位的鼓動下，擁護您成立自己的工作室。」

那人向後一擺手，立即又站起六七個衣冠楚楚的中年人，高矮胖瘦各不相同，但是每一個都有一雙睿智機警的眼睛。

「這樣，『造神』計畫的第一步就完成了。整個過程最快需要三個月，當然，這個速度還嫌快了一點兒……」

那位英國紳士似的解說者莞爾一笑：「不過，深圳速度嘛，這裏本來就是創造奇蹟的地方。」

第六章

瞞天過海

現在，周氏家族被困在國內，
人身受到限制，個人戶頭受到監控，
眼巴巴地望著國外寄存的一座金山無法取用。
剩下的，就要看張勝施展什麼神通
把這些現金、債券、黃金、珠寶和古玩再一一轉回國去，
漂白一番之後合理合法地重新歸於周氏家族名下了。
當初這些錢妙計頻施地轉移了出去，
如今張勝又有何妙計化整為零、瞞天過海地物歸原主呢？

秋雨綿綿，空中不斷地向下灑著細雨，整個大地像被潑上了一層淡淡的墨，不是很均勻，風也很不知趣地努力探進人的衣領，張勝拉緊外套的領口，隨著滾滾的人流，踏上羅湖橋頭。

站在橋上，他深深吸了口氣，新鮮中透著一絲冰冷。一個穿著黑色風衣、戴墨鏡的男子舉著傘向他走來。

「甄哥！」

「勝子！」

兩隻手緊緊握在一起，手在秋雨中有些涼意，掌心卻是熱的。

兩個人站在橋頭，低聲細語。不遠處，有幾個身著不同服裝的男子在人群中隨意地閒逛著，目光機警，始終不離張勝左右。

夜晚，張勝回到了俱樂部。這家俱樂部地處深圳市中心地帶，公司財力很雄厚，在當地很有名氣。俱樂部的保衛森嚴，在這裏黑社會的勢力極大，搶奪場子的事情經常發生，所以夜總會的保安都是經過精挑細選的，一個扛幾個都沒問題，自從張勝成為這裏的一名服務生，暗中的保衛力量更加強了三倍。

以前，這裏是一座不夜城，不過今年剛剛實施了新的規定，晚上兩點以後夜總會必須關門停業，所以想縱情享樂的人在晚上高峰時間特別集中。

張勝一身侍應服，站在吧台的一角。一樓大廳是夜總會，大約一千多平米，黑色的主色調，顯得幽深而富有現代氣息，一大群女服務員們穿著漂亮合體的制服花蝴蝶般翩然往來。DJ是幾個來自菲律賓的女孩子，都穿著緊身的黑色衣褲，裸露的並不多。張勝前後左右，幾個可以舉手投足間便空手奪命的搏擊高手，將他隱隱環侍其中，這些超級保鏢每個人的月薪都有數十萬。

現在，張勝是一個侍者，但是他是這世上身價最高的一個侍者。錢能通神，錢就是神，他就是神的侍者。

張勝站在那兒百無聊賴，除非有客人主動叫他，否則他懶得動，當然也不會有哪位領班會指使他做什麼。這些人不知道他的真實身分，但是這些人都是慣於察言觀色的人，儘管張勝和那些大老闆做得很隱秘，他們還是能看得出這個人身上不同常人的氣質和老闆對他有些特別的態度。

今晚，鄧老闆會在走進夜總會時遇刺，行刺的「兇手」是由甄哥帶領的一班人。然後，他們藉此上位，受到鄧老闆的重視，為他掌管財務部。之後的一切，他們早有安排，不需要張勝動腦筋，他只需要這些人為他打點好一切，然後坐上那個位置就好。

「『造神計畫』的第二步，你將為你自己賺得第一桶金，然後開始在深圳這塊奇蹟之地嶄露頭角。在這期間，我們會把文先生的一些工具交付給您。」

「那麼……第三步呢？」

「第三步，就是您的事了。一邊登上神壇，一邊盡情表演，讓全天下都相信，您，就是神！」

燈光閃爍，客人漸多，隨著音樂的震耳欲聾，喧鬧聲、行酒令聲、尖叫聲、嬉笑聲、吵鬧聲不絕於耳，而張勝則如一尊泥塑，倚在吧台前神遊太虛。

心裏想著這番對話，他微微地笑了。

同一個夜晚，唐小愛坐在梳粧檯前，正描著兩道秀眉。美麗、年輕、精明、聰慧的眼神。

當她站起來時，對鏡自照，美麗的身段，容顏如同一塊瑰麗的寶石，璀璨奪目，一襲真絲旗袍流暢的曲線讓她姣好動人的體態一覽無遺。

旗袍開叉處隱隱露出一雙雪白修長的大腿，足以令所有好色的男人激動、抓狂；後臀部位很窄，把那性感高翹、曼妙無比的半球體輪廓呈現無遺。

她的胸脯稍嫌不夠豐滿，這多少給她帶來了一點小小的缺陷，然而，旗袍前襟上那微微突起的兩個誘人櫻桃兒似的小點兒卻在向所有人昭示：她的旗袍裏面可是真空的！這是她彌補胸脯不夠豐滿的好辦法，收效甚佳。男人見到了，只會去想像它的美麗和掌握時的感覺，只會衝動地想撕開她的衣裳，哪還有心思道貌岸然地去評價它的大與小。

她相信自己是足夠美麗的，美麗得足以令大多數男人為她神魂顛倒。但是徐海生太有錢了，錢多到可以讓大多數她這樣美麗的女人為他神魂顛倒。

今晚這個舞會，是徐海生離開東北、把總部遷至上海的慶祝晚會，名流名媛皆來祝賀，打他主意的美麗女人一定不少，唐小愛得盡最大可能把自己打扮得不露一絲瑕疵。

因為她太想抓住這個男人了，做他身邊的女人，就能成為人上人，永遠活在別人崇慕敬仰的目光中，活在榮耀繁華之中。

他有多少錢，小愛並不知道，但是她聽人說過，徐海生控制的資本已經過百億。過百億啊，太恐怖了，名車豪宅、最名貴的時裝、最大顆的鑽石……

唐小愛現在已經不在乎上不上班了，她常去接受一些禮儀訓練：雪茄的收藏與保養、葡萄酒的鑒別和品嘗、插花、服飾及家居佈置、烹飪技巧……現在，她真的想嫁給這個男人了。或許這可能很小，可是誰沒有夢想，但有一線希望，一個美麗自信的女孩怎麼會不努力去爭取自己的幸福？

唐小愛收拾停當，便喜滋滋地向外走去。現在，徐海生擁有的已經不僅僅是一八一八號總統套房，整個十八樓都被他包了下來，這一層樓也盛不下他膨脹的野心了，他現在要向更廣闊的天地發展。

一進入那令人眼暈的巨大辦公室，唐小愛就聽到徐海生憤怒的咆哮，駭得她花容失色，連忙站住了腳步。

「我的轎子你也敢坐？嗯？吳忠興，老子待你不薄啊，我還讓你當了財務部的一個主管。現在我坐莊，你竟敢做偷倉的老鼠！」

吳忠興簌簌發抖：「徐爺，我沒敢多跟啊，只押進去五十萬……」

徐海生獰笑：「五十萬？你今天敢跟五十萬，明天就敢跟五百萬。我問你，我給操盤手們加發的獎金為什麼少了三萬多？別以為我現在高高在上，就沒有人向我報告這些事情，是你他媽的貪了那些錢，是不是？」

「徐爺，我沒……我……我只是挪用……」

「我給你的錢還少麼？」

「不……不少，只是我剛買了房子、買了車，還……」

「還姘上個漂亮女人，是不是？欲壑難填啊！我徐某人眼裏揉不得沙子，我的便宜，誰敢占，我就叫他後悔莫及！」

「徐爺，我錯了，我再也不敢了，求你不要趕我走！」吳忠興情急之下，一下子跪了下去。

「趕你走？」徐海生一愣，然後瘋狂大笑：「我呸！你想得美！把他帶下去！」

徐海生把手一揮，站在另一道門口的兩個保鏢便把門打開，早已等在外面的兩個保安如狼似虎地撲進來，把癱軟在地的吳忠興架起來向外拖。

吳忠興哭叫：「徐爺，念在我追隨你這麼久，還立過大功的份兒上，您就饒了我吧！」

徐海生怒不可遏地指著他大吼：「你吃進多少，全都給我乖乖地吐回來，老子就饒了你這一遭，從此在這一行，你休想再有立足之地！」

哭叫聲在門外戛然而止，唐小愛這才怯怯地靠過去，柔聲勸他：「哥，算了，為了這麼個人不值得，再說他也沒貪多少，別氣壞了身子。」

徐海生陰惻惻地道：「誰敢打我的主意，我就叫他求生不得、求死不能。錢不在多少，而在於忠心與否。我的帝國越來越大，這種蛀蟲必須嚴厲處置，殺一儆百！」

唐小愛聽得心裏一緊，徐海生那扭曲兇殘的相貌讓她見了有些害怕。她總覺得眼前這個男人隨著地位的不斷攀高，變得越來越狂妄兇狠，大有順我者昌、逆我者亡的酷君形象。

他就像一把刀，說不定什麼時候就要脫鞘傷人。可是金錢的魔力畢竟不可抵擋，小愛堅信一個真理：有錢不一定幸福，但沒錢一定不會幸福。為了幸福，管他是什麼樣的人呢？

她的初戀男友長得高大帥氣，對她既溫柔又體貼，把她看作公主一般，可是那又怎麼樣？數十萬元一條的項鏈，他敢眼睛都不眨地說「給我包起來」嗎？一輛奧迪A6，他有隨手便把鑰匙甩給她的氣魄嗎？一套四室兩廳的豪華住房，他能提供給她麼？

恐怕他一輩子也做不到其中一樣，而這一切，在徐海生面前唾手可得。而且，他成熟、帥氣，極具男人味，這樣的男人，才是女人可以依傍的大樹。男人是樹，女人是花，一朵漂亮的鮮花，就該庇蔭於這參天大樹之下。

這樣想，她便心中釋然了。茫茫人海中，誰擁有過真正價值連城的愛情？她相信沒有。

她知道徐海生不會對她專一，哪怕她是徐海生的髮妻，她也不奢望這個人只和她一個女人上床。如果他專一就不會跟自己上床了，小愛清楚自己的價值：年輕、漂亮、性感，這是她的標籤，一個情人、小三、尤物的標籤。

她不在意，她知道自己要的是什麼，如果徐海生不是她絕對不想放棄的金主兒，她也不會對他專一。他們兩個，是一路人。

「走吧，我們去見客人，呵呵……小愛，你今天非常漂亮。」

「我哪天不漂亮呢？」小愛向他嫣然一笑。

徐海生大笑，得志意滿地道：「走，明天，我們就去上海，你的工作已經辭了吧？嗯，好，以後就乖乖地陪著我好了，哈哈哈哈……」

「老闆！」洛菲背著手，蹦蹦跳跳地往屋裏走，臉上帶著甜甜的笑。

張勝從走勢圖上抬起眼睛，一見是她，不禁驚喜道：「你來了？這麼快！呵呵，快快快，快請坐。」

「嗯！」洛菲脆生生地答應一聲，在沙發上坐下來。

她穿著一件洗得發白的藍色牛仔褲，一件白色T恤，頭髮束成馬尾，活潑、清新。

「什麼時候到的？也不打個電話，我好去接你。」張勝笑吟吟地走過來，在她旁邊坐下，遞過一罐飲料。

洛菲嘟了嘟小嘴：「我哪兒敢吶，要不是我主動給你打電話，你都想不起我是誰了。」

張勝笑了：「當然不會，我還記得當我走進大戶室時，有個女孩給我沏的第一杯茶；還記得她第一次教我用電腦；還記得和她一起在路邊攤吃烤肉串、去舞廳打架；還記得她臨危受命，把我的敵人迷惑到最後一刻……」

洛菲聽得入神，咬著嘴唇，眼睛裏閃耀著些什麼。

好半晌，她才輕輕一笑：「老闆，我現在重歸你的麾下了，你要安排我什麼工作呢？」

「財務總監！」

兩個人同時說出口，然後一齊笑了起來。

張勝身邊的人都是文哥昔年的下屬，雖然明知他們對自己忠心耿耿，至少在取出財產並順利移交前對自己忠心耿耿，畢竟不算是自己的人。所以在深圳逐漸立穩腳跟之後，他想帶出幾個自己的人，這樣在完成財產轉移之後，可以有個屬於自己的班底。

正在這時，洛菲打電話給他，說在那邊一時找不到合適的公司，家裏也同意她南下闖蕩一番，問他還需不需要自己。張勝正合心意，連忙答應下來，還讓她把董舒、劉斌鴻等原班人馬找一下，如果能找過來最好。

不過自公司解散，大家已失去聯絡，洛菲說她一時找不到這些人，張勝也覺得讓一個小女孩去做這些事有些為難，便讓她自己起來。

此時，張勝已經完成了第一、第二步計畫，很快，他就要開始第三步「造神」計畫，赴瑞士蘇黎世銀行，逐步接收周氏家族匿藏起來的財富，然後在種種投資途徑上採取半真半假的操作方式，把這些錢漂白。

事情到了那一步時，他也就沒有必要對徐海生隱藏他的存在了。相信很快他東山再起的消息就會傳進徐海生的耳朵，如今愈來愈狂妄的徐海生，還會不會把他當成眼中釘呢？

上海半島國際酒店，徐海生出手不凡，租下了整整兩層樓，他自己就占了半層，辦公室近六百平米，裝修得富麗堂皇，沙發全部是澳洲小牛皮的，一套幾十萬；臥室裏鋪著伊朗手繪地毯，會議室的瓷磚全部從荷蘭空運，一塊就是七百多；書架上擺著兩隻灰撲撲的瓷瓶，是康熙年間的精品「紫纏花」，值上百萬；大班台上壓著一塊玉石鎮紙，用它可以買四五輛桑塔納。他還買了一幢別墅，價值千萬；目前正跟賓士公司聯繫，要定做一輛加長防彈賓士。

此時的徐海生志得意滿，站在他的帝國裏，儼然有種世界主人的感覺。

是的，他就是這個世界的主人，只要有錢，沒有他得不到的東西。

面前，是一個容顏如花、姿容婉媚的女孩子，二十出頭，容顏氣質皆屬上乘。她是剛剛走紅的一位玉女影星，在一部影響很大的青春偶像劇中飾演女一號——一位靚麗動人的都市白領，影片一經播出，立即紅遍大陸，成為眾多男人心目中的夢中情人。

「小姐，與你共進午餐非常愉快。我非常欣賞你在影片中的表現，你的氣質，是很多女孩子不能企及的。」徐海生笑吟吟地道，「我很想和你建立更親密的關係，不知小姐意下如何？」

那位一臉嬌羞的女星把玩著頸上的鑽石項鏈，微紅著臉輕輕搖頭。

這時，手機響了，徐海生拿起電話，聽了幾句，眉頭微微一皺：「他在深圳？哼！成了打不死的蟑螂了。好，幫我注意一下他的動靜。」

因為這通電話，徐海生似乎有些煩躁，他扯了扯衣領，把領帶鬆開，然後從衣袋裏掏出支票和一支金筆，在支票上刷刷刷地寫了一行數字，然後平靜地往前一推，淡淡地說：「剛喝了酒，我去沖個澡，如果小姐願意跟我進來，就收下它；如果不想要，我的司機會送你離開。」

說完，他就站起來，走向豪華套房的內門。

當他消失以後，那個玉女明星下意識地探了探身子，看清了支票上的數字，她漂亮的眸子吃驚地睜大了，她抓過支票，仔細地看了幾遍，扭頭又看看那半開著的內室房門，輕輕咬了咬薄潤美麗的紅唇，勇敢地站起來，舉步走向內室門口。

離著門還有兩三步的距離，她遲疑片刻，然後鼓足勇氣快步走進門……

張勝剛剛進入別墅大門。

這是深圳園山風景區的一幢園林式高檔別墅，是他剛到深圳時負責向他解說計畫的那個中年男人的名下產業，那人姓羅，也是深圳一家公司的老總。

這幢別墅雖環境幽雅，氣勢非常，看來羅先生也是不常來的。

走進大廳，格調高雅，富麗堂皇，三面是落地的巨大玻璃幕牆，可以環顧院內園林一般優美的景象，在一角還擺放著一架鋼琴。

羅先生沒有帶他上樓，一樓通向二樓的一側，是一面巨大的牆面，上面是一幅美麗的油畫。羅先生走到油畫前，扳了開關，油畫向上升起，露出一個向下的台階入口。

「張先生，請……」

羅總微笑著向他示意，張勝看了看那個寬敞的地下室入口，沉穩地舉步走了過去。

巨大的電子操縱不銹鋼門無聲地向兩側滑開，張勝步入一個極大的空間，燈在此時一一亮起，他不禁屏住了呼吸。

這裏，就是文先生昔日操縱股市的地方，是他的盤房。數億、數十億甚至上百億的資金，就是在這裏發出一個個指令，然後在全國開始進出流動。

這裏有點兒像科幻電影裏才會出現的電子會議室，弧形的空間，對面是電子幕牆，一張弧形的巨大辦公桌，桌上擺了三台電腦，五部不同顏色的固定電話，空中還像閉路電視似的懸掛著四台電腦，在前上方。

弧形辦公桌後面，放著幾台像沙發般舒適的大靠椅，中間那張椅子體積最大，扶手兩旁也有一些莫名其妙的按鈕。

羅先生說明道：「這裏已經有幾年不曾使用過了，但是這裏時刻都做著戰鬥的準備。這裏的電腦，每三個月就全面升級一次軟硬體，永遠緊跟最新科技潮流；這裏的軟體，買賣盤各顯示十檔掛盤，行情顯示速度比證券公司大戶室快七到十秒。

「這些電腦，分別顯示歐美和亞洲各主要國家的股票、期貨、權證、黃金走勢圖，電子幕牆可以隨時切換成你目前最想關注的畫面，也可以同時切換成十個方塊，分別顯示個股和全景圖，或者自選股、資金流向榜、漲跌排行榜。」

「中間那張椅子扶手上的按鈕比較特殊，操縱它們，前方會升起一幅液晶畫面，你可以用鍵盤操作，也可以在顯示畫面上直接按下達命令，比如說下單軟體，你一個指令下去，它可以拆解成幾千、幾萬個細化指令，傳達到在全國各地開戶的傀儡帳戶上進行買賣。」

張勝屏著呼吸，興奮地打量著這間最先進的作戰指揮室。

「超級機構的一舉一動，都是其他機構想要瞭解的內容。不過在這裏絕對安全、保密。任何竊聽裝備，無論是鋼筆式、鈕扣式、領帶式，亦或遙控、調頻、紅外鐳射竊聽器，都不能在這裏發生作用。除了這幾部固定電話，任何通訊設備，在這裏也休想打進打出。」

「旁邊的房間，在開始操盤時，有供這裏的操作者需要的一切生活需要品，包括女人，在整個重要操作過程結束前，沒有最高領導者的允許，任何人將不能進入或離開……」

「所有的電腦畫面上，都在閃爍著一組組紅色藍色的數據。特殊的操作軟體，在某些股票、權證走勢即將暴漲暴跌時，會在盤面上出現紅色或藍色的閃爍箭頭，由於顯示的是全球行情，所以即便是夜間，這裏照樣有不少的股市行情活躍著，跳動著。」

這是一間完美的高科技操盤工作室。

羅先生見張勝目眩神馳，似乎有些醉了，不禁微微一笑：「張先生，從現在起，這裏屬於你了，祝你成功！」

他按了一個按鈕，行情畫面消失了，電子幕牆處於待機狀態，寬闊的電子幕牆在黑色的背景下，出現四隻栩栩如生、似乎正向他們猛撲過來的三維立體動物形象。

一隻眼神狡黠的狐。

一隻展翅翱翔的鷹。

一匹牙齒鋒寒、利爪如刀的狼。

一頭鼻子漫捲、巨足高揚的象……

正如那個幾乎被玩破產的小蘇憤憤不平罵過的髒話：「有些媒體，不過是有錢人的小三兒，奉獻自己，甘被作踐。」

「股壇傳奇續寫神話！」

「『東方不敗』風雲再起！」

就像當初在張勝的授意下，媒體紛紛吹捧徐海生一樣，當張勝在南方漸漸嶄露頭角之後，在有心人的推動下，他在資本市場取得的成績被十倍百倍擴大吹捧，如今儼然成為南國資本市場上一個風雲人物。

「菲菲，幫我收拾一下，我要離開幾天。」如今媒體的寵兒，開始備受南方資本市場關注的張勝滿面春風地走進洛菲的房間說。

趴在床上正玩著一副拼圖的洛菲抬頭問道：「去哪兒？」

「去瑞士！」

張勝說完正想出去，忽地瞧見洛菲牛仔褲下繃得緊緊的小屁股瘦瘦削削的，又轉了回來，笑嘻嘻地說：「對了，內褲啊，不需要什麼太好的牌子，款式並不重要，還得是純棉的穿著舒服。你這體格，我瞅著還在生長發育階段，別總穿太緊的東西。」

「啊？」洛菲茫然看著他，忽然回過味兒，臉色頓時漲紅：「你……你什麼時候看見我的內褲啦？」

張勝聳聳肩，不以為然地道：「誰叫你那麼堂而皇之地掛在洗手間啦，我不小心就看到嘍，難道還是你穿在身上被我看到啊？」

「你去死！」洛菲咬牙切齒地叫，拼圖脫手飛出。

張勝向後一跳，一帶房門，拼圖打在門上，散落一地，張勝開心地大笑而去。

張勝和洛菲相處非常融洽，在這南方只有洛菲一個人曾是他舊日的朋友和部下陪著他，兩人的友誼日漸加深。張勝把她看成自己的小妹妹一樣，和她一點兒不見外。在他面前，也只有洛菲沒大沒小，一點下屬的樣子都沒有。

洛菲掛在浴室的那件小內褲他是真的見過的，還是世界名牌，不過張勝雖轉給過她一百萬，看她平時開銷還是很節儉，諒她也不捨得買這麼貴的內褲，張勝想當然地理解成假冒產品，既然是假冒產品，品質大多不過關，所以忽然想起，便順嘴提醒了她一句。

不過想想女孩們為了減肥可以幾天不吃東西，大冬天的為了漂亮可以凍得瑟瑟發抖而不加衣服，想必洛菲還是寧可重款式而輕品質。

「要不……我幫她買一打？」

張勝摸摸鼻子，心想：「還是算了，送女人內褲，感覺怪怪的。再說我可目測不出她的臀圍是多少。我去瑞士的時候，她在家也沒什麼事，以獎金的名義多發她一筆錢，讓她自己去買好了。就怕這麼節儉的女孩，只會把錢寄回家去存起來，可就浪費我的一番好意了。」

張勝帶著一大幫隨從趕到了瑞士。

要取出文哥在瑞士的存款，光憑文哥交代給他的那句電子保險箱密碼是絕對不夠的，還需要另外一份證件和鑰匙。三件東西先後啟用，才能從銀行把財產取出來，而這其中關鍵的一樣，也就是證明文件，一直掌握在文哥唯一的寶貝女兒手中。

張勝還一直沒有見過這位自己即將公開聲明迎娶過門的周家大小姐，在他想來，這位大小姐既然出身豪門，要麼是一位氣質高雅、睿智聰明的美女，要麼是驕縱蠻橫，有著一般大戶千金的毛病。還有一種可能，就是那種過於理性，把一切奉獻給家族的冷冰冰的女人。

這次去瑞士取出文哥的財富，他本以為可以見到這個將有一年時光成為他名義上的妻子的神秘女孩，想不到臨行前卻根本沒有見到她的身影。她只是托張勝的隨行人員羅先生告訴他，有關授權文件她會另外派人攜去瑞士，在張勝到達時配合他使用。

張勝對此有些不悅，這位大小姐一直隱身幕後，到現在都不見他，在他看來，是對自己的一種輕視。他知道周氏家族的人都受到了監管，他們是無法出國的，不過連見他一面也吝於去做，這位大小姐未免有點兒太過高傲了。

當然，羅先生一行人對他還是畢恭畢敬的，羅先生就是他初到深圳時，負責解說和引見文哥昔日一眾部下的那個中年人。張勝在他和一位翻譯、四名身手出色的保鏢陪同下，乘機飛赴瑞士蘇黎世。

蘇黎世是位於瑞士東北部的一個州，北接德國。蘇黎世城位於阿爾卑斯山格拉魯斯山北麓，在蘇黎世湖西北端、利馬特河兩岸，大部分地區為河谷地帶。

蘇黎世湖猶如一彎新月倚在市區的東南端，長達四十多千米，蔚藍色的天空映著碧綠的湖水，片片白帆搖曳著湖上的雲彩；郊區的山谷綠草如茵，林木蔥蘢。城中處處可見中世紀建造的教堂、古堡、噴泉，利馬特河兩岸有雙塔羅馬大教堂、修女院、菩提園等，河上帆船如雲，風景秀麗，充滿異國風情。

這裏人口只有三十多萬，還不如我國中等城市的一個區人口多，卻是重要的國際金融中心和黃金市場之一。蘇黎世城集中了一百二十多家銀行，其中半數以上是外國銀行，故享有「歐洲百萬富翁都市」的稱號。

西爾波爾特大街和交易所大街兩旁，銀行林立，證券交易所的交易額在西歐交易所中首屈一指，總計西歐百分之七十的證券交易在此進行。蘇黎世的班霍夫街則被認為是世界上最富有的街，蘇黎世的黃金市場更是聞名遐邇，六十年代開始上躍成為僅次於倫敦的世界第二大黃金市場。

所謂瑞士銀行，如果你到了這裏，將找不到一家叫這個名字的銀行，它指的僅僅是在這片地理區域上的銀行。

蘇黎世銀行也是如此，這裏銀行無數，在外人眼中都叫蘇黎世銀行，彼此之間卻各不統屬，經營規模有大有小，有的掛著牌子，有的甚至連牌子都不掛；如果僅僅是說一句存錢在瑞士銀行，漫說這裏的銀行有嚴密的銀行保密法，就是沒有這項保密法，你想在這無數家銀行裏一家家地查下去，要查到一個人的銀行帳戶也難如登天。

張勝是知道他要去的第一家銀行的名字的，這家銀行設在西爾波爾特大街，主要辦理秘密存儲和保險箱業務，它的辦公大樓外面連招牌都沒有，只有一塊鐫刻著經營者姓名的牌子：卡爾・古斯塔夫。

這是一家非常古老的銀行，老闆和辦理秘密戶頭的重要職員絕對可靠，他們大多是子承父業，世代相傳，以學徒制的方式來傳承的，根本不對外招收職員。

張勝在兩名保鏢和一名翻譯的陪同下進入銀行，這裏面不准拍照、不講姓名，顯得十分肅穆。大廳裏沒有幾個人，非常安靜，張勝走到保險箱業務辦理窗口，交出一枚小小的號牌，裏邊的工作人員微笑著接過去。

她沒有向張勝問過一句話，也沒有因為他是東方人而顯得詫異，她接過號牌，用專門的儀器驗明真偽之後，便按響了一個內部呼叫器。片刻的工夫，便有四名身著西裝的高大男人走出來，站在了張勝面前，彬彬有禮地道：「先生，請跟我們來。」

保鏢和翻譯被請到大廳坐下，立刻有殷勤的服務生給他們奉上香醇的咖啡。張勝在四個高大健壯的白種男人護侍下進入銀行內部，通過一道道特務總部般的地下門，進入保險箱C區，把他領到了一排保險箱前，向其中一個示意了一下。

張勝看了一眼，那個號碼正是文哥告訴他的，這裏所有的保險箱都只是一個號碼，沒有名字，銀行管理人員也是認號不認人的。

四名工作人員向後退開了些，張勝看了看面前的電子密碼器，按起了他熟記在心的一串號碼。

這裏的密碼器非常笨重，按起來要用足力氣，據說這是因為許多保險箱會被使用數十年不曾打開；為了防止電子資料丟失，密碼鎖另有一套機械制動，一旦電子密鑰丟失或因戰爭停電一類的事發生，啟動備用機械裝置，用這粗笨的密碼器一樣可以打開。

「咔嚓」，保險箱的門開了，保險箱裏只有一串帶編號的鑰匙，除此之外別無他物。張勝將那鑰匙取出來，把保險箱重又關上，向那四個白種人點了點頭，四個人便護侍著他向外走去。

回到車上，張勝向後座的羅先生問道：「羅先生，大小姐的信使來了麼？」

羅先生微微一笑，回答道：「大小姐的信使已經到了，她知道你將去的下一家銀行，在那兒等你。」

「好，出發！」

車子在前後兩輛坐著保鏢的車子保護下，離開古斯塔夫銀行，駛向班霍夫大街。

真正的財富，藏在這裏的榮格銀行，要靠張勝取出的那串鑰匙和周大小姐掌握的授權文件才能取用。聽起來操作程序非常簡單，事實上也是如此，它非常簡單。嚴密可靠的是它的操作流程和操作它的人，這些銀行家絕對不會被收買，他們的保密措施無懈可擊。

〇〇七電影裏曾經有一句台詞，詹姆斯·邦德回答一個瑞士銀行家的問候語時說：「如果你不相信瑞士銀行家，那麼世界將會怎樣？」在西方人眼中，一個對所有人都抱懷疑態度的特務，應該只相信兩個人，一個是他自己，另一個就是瑞士銀行家。

《達文西密碼》中的羅浮宮館長，也是把事關基督的最大宗教秘密存放在瑞士銀行，而且一放就是幾十年。這兩件事雖是虛構的影視故事，但是由此可見瑞士銀行牢不可破的信譽是如何深入人心。

在這裏，任何外國人和外國政府想查一個銀行帳戶都難如登天，甚至瑞士的國家元首和政府首腦以及法院等都無權干涉、調查和處理任何個人在瑞士銀行的存款，除非你有確鑿證據證明該存款人有犯罪行為。

然而有些罪名在沒找到屬於他的巨大財富前是無法確定的，這樣，你就只能望著銀行的保險庫大門徒呼奈何了，這就是世上無數的富人都選擇這裏作為他們的財產存放地的原因。

榮格銀行裏，張勝在一個櫃檯前亮明身分，銀行工作人員請他們坐下，奉上飲料，然後開始進行調查核實工作。張勝向羅先生看了一眼，羅先生剛剛出去接了個電話，這時匆匆走到他面前，小聲說：「張先生，大小姐的信使已經把授權文件和證件交給了榮格銀行工作人員，請稍候。」

張勝皺了皺眉，有點兒失望地問：「大小姐的信使……不和我們見面麼？」

羅先生小聲說：「大小姐……一向謹慎，儘管事情已過去多年，但她還是擔心政府方面會派人跟蹤，所以在財富轉移到你名下之前，她不想貿然與你接觸。」

張勝淡淡一笑，沒有說什麼，只是不悅的神氣已經呈露出來。他當然聽得出這是託辭，如果她派出信使已被國安部門跟蹤，即使不和自己見面，又於事何補？在張勝想來，這位目空一切的千金大小姐，可能對他根本就不屑一顧。

銀行工作人員驗過了那位神秘的周人小姐送來的授權文件和相關證明文件，以及指定領取人張勝的身分證件，便派出工作人員引領張勝進入保險庫。

幾乎是同上一家銀行一樣的操作程序，唯一不同的是，這家大銀行每一道門、每一個保險箱完全採用人工程序，而這正是瑞士所有銀行堅持的一個重要安全技術標準。

像電影上描述瑞士銀行時提到的什麼掃描眼膜、全息指紋或全電腦聲控一類的神乎其神的電腦程序，在真正的瑞士銀行裏是被堅決禁止使用的。

他們認為，儲戶更希望自己的保險箱程序簡易而透明，越複雜的電腦程序越會讓顧客擔驚受怕，不知道駭客何時會入侵、會破解。因此，只有最原始的鎖頭和鑰匙才更令人放心。

當然，這裏的鎖頭和鑰匙的製作工藝是相當複雜的，鎖頭牢固得連炸藥都炸不開，而鎖眼則是以瑞士精湛的製錶工藝打磨製造的，保證一鎖一鑰，絕無雷同，而且鑰匙一旦插入鎖眼，在整樁交易完成之前，會卡死在裏面，根本拔不出來，以防止有人確認這柄鑰匙後在此期間複印鑰模。

張勝把從古斯塔夫銀行取出的鑰匙插進鎖眼扭動了一圈，銀行工作人員把由他們保管的另一把鑰匙插進去向相反的方向同樣扭動了一圈，保險箱開了，裏邊是一隻大皮箱。

依著同樣的程序，共十二口箱子被取了出來，張勝沒有打開驗看，他知道裏邊是什麼，那些東西全是不記名的美國公債、黃金錠、白金錠、價值連城的古玩、字畫、珠寶、鑽石等等，此外還有一份薄薄的合同。這份合同是同這家銀行簽署的。

文先生當然不會愚蠢到把錢存入銀行一放了事，十多億的美金，放著不用來以錢生錢，那是一種罪過。他把這筆錢委託了瑞士榮格銀行代為理財，以做到增值而非貶值。

這些東西被迅速轉移，按照事先設計好的秘密途徑分散轉移到其他各地，再通過不同的途徑匿藏起來，等待張勝隨時取用，將其漂白。

文先生當初把財富向國外轉移的方法是非常隱密的，整個轉移過程計畫異常周密。

首先，文先生與榮格銀行通過電話和傳真聯繫，初步意向商定之後，榮格公司便直接派遣一名經驗豐富的經理人員飛赴文先生的公司，與他當面進一步洽談，並簽訂匿名存款和授權委託投資合同。

保管、委託與代保管、受委託的合同關係等一系列法律文件簽訂之後，該行經理返回瑞士，文先生開始把需要轉移的錢分批分次轉賬到他在全國各地的合作夥伴的戶頭上，然後由這些合作夥伴再分批次把錢通過國內銀行匯入美、英、法、德等幾個國家的一些銀行帳號。

在此之後，他就不需要再做任何事了，而是由瑞士榮格銀行的律師和經理人員持授權文件代他辦理剩下的事情了。

榮格銀行先使用離岸銀行，把他在這些國家分屬不同註冊國家、不同公司的資金合法合理地轉入離岸金融中心——英屬維京群島。

離岸交易有在任何條件下保守客戶資訊秘密的章程，即使司法調查，也不能獲得客戶資訊，而且有各種免稅措施和法律保護。僅此一步，基本上就切斷了循轉賬途徑查找資金去向的可能。

在這個散落在加勒比海中不起眼的小島上，只需七百五十美元的註冊費，不需要前往註冊地，就可以在一個工作日甚至一小時內成立一家境外企業，而且不徵收所得稅、資本利得稅、公司稅和遺產稅，資金還可以在全世界隨意轉移。

因此，只花了一萬多美元，榮格銀行就在英屬維京群島幫助文先生註冊了十八家公司。其中有主公司帳號、子公司帳號，還有各不從屬的公司帳號，這些錢會在這些公司之間轉移得天旋地轉，產生一堆讓人一輩子也查不明白的賬務，然後這些錢才匯往瑞士，到達終點站。錢款轉走後，所有銀行帳戶銷戶，一切痕跡泯然無形。

至此，這些帳戶裏的錢真正屬於誰，公司屬於誰，已經沒有任何人能調查出來。唯一有權支配它的，只有持有那份授權合同和啟箱鑰匙的人。

榮格銀行有專門針對歐美、亞太地區理財的部門，其中亞太區團隊由十五個私人銀行專家和十名左右的週邊專家組成，這些專家開始利用這些錢做各種風險投資，近六年來，文先生這十億美元的現金獲得了大量而穩健的投資回報，目前現金增值為十二億三千萬美金。

現在，周氏家族被困在國內，人身受到限制，個人戶頭受到監控，眼巴巴地望著國外寄存的一座金山無法取用。

剩下的，就要看張勝施展什麼神通把這些現金、債券、黃金、珠寶和古玩再一一轉回國去，漂白一番之後合理合法地重新歸於周氏家族名下了。

當初這些錢妙計頻施地轉移了出去，如今張勝又有何妙計化整為零、瞞天過海地物歸原主呢？

第七章
輸錢的任務

一擲千金、一擲萬金，對他來說，
不是揮霍，而是必須完成的任務。
花錢，要花出水準、花出藝術、花出效果來，
也是一件很痛苦的事啊。
於是，今晚張勝帶著一幫人，
前呼後擁如眾星捧月一般來到了澳門賭場。
他不是來贏錢的，他和他所有的隨從，
唯一的任務就是輸錢，輸到何先生坐立不安。

「若男，我現在還在瑞士呢，這裏的風光真的好美。」

張勝向窗外望去，巨大的落地窗外，美景一覽無遺。

不遠處，是蘇黎世湖畔的「馥勞」大教堂，從這裏望過去，所有風光都像是透過水晶看過去的，清澈通透，天是湛藍的、水是湛藍的，午後的陽光灑在湖面上，滿湖鋪陳金光燦燦，所有的色彩都是那麼鮮明，讓人看著美麗的風景不由不陶醉。

QQ視訊上顯示著秦若男俊俏秀美的臉蛋，她格格笑道：「別陶醉啦，你要是不儘快回來……」

當時QQ視訊剛出來不久，張勝孤身一人遠在外地，為了及時瞭解鍾情那邊房地產的運作情況，裝上了視訊，雖說視訊不甚清晰，但是因為交談的都是熟識的人，一顰一笑，十分地熟悉，對方的細微表情變化即便有些模糊，腦海中也自可予以補足。

張勝學習使用QQ，只是為了聯繫方便，目前也只有鍾情、若男和洛菲三個人的號碼。

「知道，知道。」張勝笑起來：「呵呵，你放心吧，我一定儘快瞭解一切恩怨，儘快回去。」

說到這兒，他的聲音柔和起來。

「好啦，說了一個多小時了，我得下了，收拾收拾，該睡了。」

「真是個小懶豬，才幾點呀，就準備睡覺了。」

「快十點了呀，明天還要辦個案子，不能睡太晚了。」

「哦，我忘了，有七個小時的時差的。」

「好吧，寶貝快去洗香香，在被窩裏等我。」張勝說著，「啵」地朝著螢幕吻了一口。

秦若男嬌嗔道：「懶得理你，一說就沒個正經的。對了！」

她杏眼一瞪，威脅道：「你現在一個人在瑞士，那裏酒醉金迷、美女如雲的……」

張勝連忙舉手發誓：「放心吧，我一定守身如玉，富貴不能淫、威武不能屈……」

「啐！」秦若男羞紅著臉打斷他：「我下了。」

秦若男下線了，張勝摸著下巴陶醉地笑起來。方才，他已把回國之後可能做出的一些驚世駭俗的舉動對若男做了彙報，雖然她不明白這麼做的原因，但是她知道張勝必有緣故。

這時，他的ＱＱ又閃動起來，張勝點開，是鍾情的號碼。

「你在線上？」鍾情先發過來信息。

張勝申請了視訊，畫面上很快顯現出鍾情嫵媚嬌豔的容顏。

他回答道：「剛剛和若男通過消息。情兒，我要開始第三步行動了。」

「嗯，我就知道……你出國一定是辦這件事。不需要告訴我太多，也不用擔心我，我瞭解你，也信任你。」

張勝心中一暖。

鍾情又說：「對了，我有件事要跟你說，城北有一塊地皮我們要不要拿下？我們的自有資金稍嫌不足，如果要拿下這塊地皮，恐怕得以地皮抵押向銀行貸筆款子。你是一家之主，你拿主意吧。」

說到這兒，她向張勝溫柔地一笑。

這個女人，就是這麼善解人意。哪怕她心中已經拿定了主意，也一定要徵得張勝的同意，張勝如果提得不全，她會委婉地提示，直到整個計畫都從張勝嘴裏說出來。如果張勝不同意，她會以徵詢建議的方式說出她的看法和理由，再讓張勝重新決定。

兩個人的關係親密得無以復加，但是鍾情在他面前從不露出一絲獨斷專行的女強人姿態。曾經一刀震懾住水產批發市場素質良莠不齊的眾多業戶，被他們尊稱為「鐘姐」的情兒，在張勝面前永遠是一副溫婉柔順的女人模樣。

愛，只是一種感情的開始，而不是結局。懂得小心經營和維護的人，才能始終保持愛的溫度而不讓它降溫。鍾情無異就是這種人，哪怕以前她沒有這種意識，但是經歷的人生坎坷，卻讓她完全地成熟起來。

她非常注意生活小節，這樣一來便是百煉鋼在這樣的柔情之下也化作繞指柔了，張勝不但越來越喜歡她，而且在事業上也很尊重她的意見，很少否定她的意思。

張勝想了想，說：「買下來，整塊地皮全部買下來。」

鍾情淺淺一笑，說：「嗯，這樣的話，我們自有資金兩億多，還可以再貸一個億，扣除用來建築施工的……」

「不！你沒明白我的意思，我是說，不搞建築，光買地皮。」

鍾情沒有露出驚訝的神色，她俏皮地眨了眨眼，嫣然道：「你是說，開發先放在一邊，投入全部資金購得土地使用權？」

「對！我相信，我們這次申奧一定會成功。作為主辦城市，北京的房價必將坐上火箭一般不斷攀升。」

鍾情掠了掠秀髮，非常有女人味兒。她顧盼生姿地問：「上一次，咱們國家也是信心十足，結果……如果這次失敗，我們沒有開發資金，恐怕就得轉讓地皮，那樣獲得的收益就要小一些了。」

張勝信心十足地一笑：「不會。上一次我們中國前三輪都領先，國際奧會欠中國一個公道。這次申奧可謂是天時、地利、人和，我敢打包票，我們必勝。」

張勝說到這兒微微有些出神，北京申奧那一夜，他正好在公司值班，興高采烈地看到很晚，卻等來了失敗的消息。第二天早上，記得來上班的同事們一個個都像霜打了的茄子，沒精打采的。那一仗，真的很傷中國人的心。

他搖搖頭，又點點頭，說：「放心吧，咱們中國人一向最注重的就是榮譽，放在古代說就是名，用老百姓的話講就是面子。我們輸過一次了，再輸一次，國人情何以堪？這一次如果沒有把握，政府不會這麼大造聲勢。我想，台面之下的戰鬥早就開始了，而且已經有了結果。」

「嗯，我聽你的，那我回頭就著手去做。」

「好！對了，你最近……能不能飛深圳一趟？」

鍾情的臉蛋紅了起來，眼波流暈地道：「怎麼？」

「想你了唄，還能怎樣？」

鍾情咬了咬唇：「可是……北京這邊要辦貸款、要買地皮，怕是一時走不開呢。你知道，你弟弟做生意的時日尚短，雖說他很刻苦，不過許多事還得我來牽頭。」

「唉，那算了。」張勝有些垂頭喪氣。

鍾情拿一雙眼睛瞟他，昵聲道：「要不……你過來呀，伯父、伯母都很想你，我也……

想你。我剛買了輛切諾基，車身高、空間大，音響效果可棒呢。我開車陪你去香山玩，香山紅葉可是有名得很呢。」

「現在這季節哪有……啊！你……你又挑逗我！」張勝瞪了她一眼，只覺下體如火：「哼，小心我憋不住，在這兒找個金髮碧眼的洋妞瀉火去。」

鍾情吃吃地笑，笑得花枝亂顫。

原來，在省城時，張勝有一次坐鍾情那輛桑塔納回水產公司，車子停下後，他一時性起，想和鍾情在車內親熱，還順口吟了句：「停車坐愛楓林晚……」只是當時車子停在水產批發市場內，打更老頭老胡又是個盡責的人，時常出來蹓躂巡視，鍾情沒敢答應，只是欲拒還迎地和他愛撫一番，便飛也似的逃上樓去了。她現在說這番話，分明是用當初這件事來挑逗他了。

張勝被她撩撥得性欲勃然，眼見她嫵媚異常，春色上臉，哪裏還忍耐得住，兩下裏開始說起了親熱話，這一晃又是大半個小時過去了，ＱＱ又閃動起來，張勝見是洛菲上線，便道：「好了，我還有事，先說到這兒。」

他頓了一頓，恨恨地道：「抽空我去北京一趟。小妖精，到時你可別討饒！」

鍾情向他扮個鬼臉，格格嬌笑著切斷了視訊。

視訊一接通，洛菲便哀鳴一聲：「老闆，我一個人在深圳好無聊好無聊啊，你什麼時候回來？」

只見她趴在桌上，瓜子臉、挺翹的鼻子、小嘴、尖下巴，瞪著一雙在鏡頭下顯得異常明媚的大眼睛，像極了卡通片裏的女孩形象。

「明天就趕回去，怎麼了，不是讓你沒事逛逛街嗎？」

「一個人逛街有什麼意思？」洛菲懶洋洋地道，「你現在在哪兒呀？」

「我呀，現在在蘇黎世城的旅館裏，嗯，賓館前邊不遠就是『馥勞』大教堂。」

「『馥勞』大教堂？」

洛菲一下坐直了身子，眉飛色舞地道：「那兒風光很美呢，馥勞教堂有一千多年歷史，是一座典型的羅馬式建築。另一側是以前的酒業公會吧？那是蘇黎世最美的一幢巴羅克式建築。呵呵，你倒會挑地方，能看到湖對面的蘇黎世大教堂吧，那一對尖尖的塔樓建於十五世紀，它可是蘇黎世城的標誌性建築。」

「咦？你對瑞士這麼瞭解？」

「啊！」洛菲差點兒咬了舌尖，怎麼一時大意竟然說漏了嘴了，她急忙補救道，「呵呵，我會查呀，在網上一搜，詳細的介紹啊、圖片啊，就都能看到了。因為你說去瑞士，我閑著無聊特意查的嘛。等我看看啊……」

洛菲好像正在查著資料，她瞇著眼睛看著螢幕，說：「嗯，對了，這上面還說，蘇黎世市政廳是一座華麗的義大利文藝復興風格的建築，瑞士國家博物館和圖書館也設在那裏，列寧曾在那兒從事過研究工作，你應該好好觀賞一下那裏的風光。」

「唉，我天生勞碌命，沒時間啊。」

「沒時間？這次到瑞士，你到底做什麼事啊？」洛菲好奇地問。

張勝狡黠地一笑：「佛曰：不可說！」

「切！」洛菲做嗤之以鼻狀。

張勝豪氣地笑道：「不該你知道的事，不要亂打聽。你只要記得，我答應過，如果有一天我發達了，有了自己的公司，就聘你做我公司的終身財務總監，我張勝說到做到，用不了多久，我就可以實現自己的承諾了。」

洛菲嘻嘻一笑，兩隻眼睛笑得很好看，彎成了月牙，她笑嘻嘻地露出一口小白牙道：「好啊，我就等著你這句話呢。」

張勝也笑了：「你呀，野心真是不小。說起來，你現在已經是百萬富婆了，不在家裏享福，還跟著我東奔西走的，是不是打算做一個女強人？」

洛菲莞爾搖頭：「女孩子也該有事業，悶在家裏的女人是最沒有魅力的。不過，我可不做女強人，男人就是男人，女人就是女人，如果一定要顛而倒之，還有什麼快樂幸福可言。」

張勝大笑：「看不出……你還挺有思想的呀。」

洛菲皺皺鼻子：「那當然，這方面的事我看得太多了，有一個身家億萬的女富豪，哦……我是在雜誌上看的故事，那個女人就是這樣，事業上很得意，可是婚姻生活上卻出人意料的『慘』。」

「事業，工作，牽扯了她太多的精力，她的家成了臨時旅館。她在公司指揮慣了，回到家裏也會不自覺地帶出頤指氣使的派頭，但凡有點兒尊嚴的男人，怎麼受得了她的霸道？其實……她很愛她的丈夫和孩子的，結果……在她的事業如日中天的時候，她的丈夫斷然提出分手，她後悔已經晚了。」

「女人吶，就應該知道什麼時候強勢，什麼時候示弱，對什麼人強勢，對什麼人示弱。女人示弱，可是一門高超的藝術！」

張勝看著她得意洋洋的樣子，想起在人前威風霸道的母老虎秦若男，在他面前從來都是一副楚楚可憐的乖乖貓形象，惹得他又愛又憐；再想起明明精明強幹的鍾情，也特別注意尊重他的意見和作為男人的尊嚴，不禁對洛菲的話深以為然。

他擊掌贊道：「說得好，菲菲啊，你能這麼想，將來一定能有一份美滿和諧的婚姻。是啊，女人就該這樣，這樣才是女人。你不知道，我這次來瑞士，是為某個大家族辦事的，那個家族的千金大小姐……哼哼！」

洛菲眼珠滴溜溜一轉，問道：「那位大小姐……怎麼樣啊？」

張勝給周周大小姐下了定義：「那個女人，目空一切、目高於頂、狂妄自大、不識大體、不通情理、性情蠻橫、飛揚跋扈，嗯……」

他看洛菲兩眼發直，問道：「怎麼啦？」

洛菲乾笑兩聲，吃吃地道：「那位……大小姐，怎麼得罪你了？」

張勝搖搖頭，有些洩氣：「算了，不說這個了，這次來我是為她的家族做事的，可人家自己不見我，連她的信使都不跟我照面，嘿！」

洛菲眼睛亂轉，嘴角微微抽搐，似乎想笑又忍的模樣。

張勝提起那位將和他保持一年夫妻名分的大小姐，儘管是名義上的夫妻，不過將來難免要在外人面前配合演戲，她這麼高傲，到時真不知該如何相處。一想至此，便有些意興索然，他擺擺手道：「算了，不提她了。對了，我走之前給你發了筆獎金，讓你逛街時用，你有沒有買什麼東西？」

「啊？沒有呀，我就是在樓下四處走走，沒買什麼呀。」

「你這個只知道攢錢的小財迷，那些假冒偽劣的名牌內衣褲啊，你該扔就扔了吧，要不然我這老闆都跟著掉價。該花的一定得花，不要省啊……」

洛菲窘極，紅著臉大發嬌嗔：「老闆！別磨嘰啦，你都快趕上我媽啦……」

張勝回國了。

此時在上海站穩腳跟的徐海生充分顯示出了他人生歷練的老辣和心計。一法通，百法通，他的心術加上一群精通資本運作的高手輔佐，又有早已形成規模的資本基礎，這隻東北虎在上海一樣呼風喚雨。大資本不利進出，他便分拆開來，在權證、期貨、股票、黃金……但凡一切能瘋狂斂財的地方，都有他探出的魔掌。

同時，本著強強聯合、強者更強的原則，徐海生和上海的一些大機構也在合作，正式成為上海幫的一支強大的外籍軍團。這些上海本地機構，就包括曾與張勝合作過的靳在笑。這很正常，商人逐利，靳在笑又不是他親大哥，沒理由放著一個強大的合作夥伴不接納。

何況，靳在笑並不知道他們之間的私人恩怨。商界人物，老奸巨猾，後來他雖隱約聽說兩人之間似有糾葛，還和那次期貨大戰有關，覺得事有蹊蹺，不過本著事不關己、高高掛起的原則，對此他一字不提。

徐海生在上海混得風生水起的時候，張勝也一躍成為深圳的股壇之神。兩人一南一北，在深滬兩市的戰場上暗暗較起了勁。

張勝一面暗中運作，準備把周氏家族的巨額財產運回來，並通過他設計好的種種途徑進行漂白，一面不斷打響自己的知名度，作為他將擁有巨大財富的理論支撐。與此同時，他也從文哥昔日的部下們身上如饑似渴地汲取著知識和經驗。

雖說按照他的計畫安排，他必然在大陸、港台乃至歐美市場上「大賺特賺」，但是畢竟功成之日他將全身而退，現在多學點兒知識，多長點兒本事，對他是大大有利的。

他目前的缺點是沒有牛熊週期轉換裏摸爬滾打的經驗，雖然有止損的紀律，但遠遠不能勝任風險的衝擊，第二就是知識結構明顯有欠缺，光靠小聰明沒有大智慧只能勝於一時而不能長久，僅靠靈感、對資本市場的敏銳感覺和高中文化程度的知識結構不具備再上一層樓的能力。

經驗對於每一個人來說是非常寶貴的，教訓對一個人的成長來說更是彌足珍貴的財富，但金融市場有別於其他事業，失敗將直接帶來財富的縮水和對信心的重大打擊。所以，如果有間接路徑可以獲得同樣的經驗和教訓，那是極為難得的，而文哥昔日手下這批人，正有著他所欠缺的知識和經驗。

張勝在羅先生等人的幫助下開始學習、觀摩美國和香港證券市場發展的歷程，從傳統的凱恩斯主義到格林思潘的唯生產力論，從彼得·林奇到巴菲特，從道瓊指數的百年波動到全球經濟變遷，他努力汲取著一切知識，漸漸具備了邁向金融世界殿堂的能力。

在自身進步的同時，張勝已經成為深圳這個富豪俱樂部裏不容忽視的新星，坊間傳說，這個少年俊傑，初出茅廬便一鳴驚人，在股市期市屢有斬獲，後來一時大意，敗在與他齊名的另外一個股壇高手之下，從此遠走深圳，不知是痛定思痛，自悟出許多資本市場運作的真諦至理，還是得到名師指點，總之他是奇蹟般地東山再起了。

一家小報還把他的事蹟寫成了一部離奇的中篇小說，連載發表，文中還提到他有一個深愛的女友，但是沒有提及這個女孩的身分和姓名，為引出周周大小姐事先打下了一個鋪墊。

張勝不但炒期貨、炒股票、炒黃金，還開始投資辦實業。他在深圳以鍾情的名義開了一家拍賣行，還開了一家國際貿易公司，同加拿大、澳大利亞等地區的一些廠家做起了進出口生意。他擁有了屬於自己的別墅，坐落在園山風景區，毗鄰羅先生那處地下有秘密操控台的別墅。張勝的居處是歐式風格，室內裝飾選用知名畫家的作品和經典的紅木餐桌等奢侈物品。

現在張勝已是深圳富豪俱樂部的新貴族，他常去高爾夫俱樂部打球，戴在他手上的鑽戒，腕上的名錶，都以數十萬計。這是他身分的象徵，也是包裝的需要，他必須把自己包裝成一個在股市中呼風喚雨、迅速聚斂無數錢財的財神形象，才能為那源源不斷湧入他帳戶裏的巨額財富找到一個合理的解釋。

同時，他要在誇富和經營的過程中，將那筆巨額財產化整為零，通過種種途徑輸送回來，匯入他的名下。

所以，一擲千金、一擲萬金，對他來說，不是揮霍，而是必須完成的任務。花錢，要花出水準、花出藝術、花出效果來，也是一件很痛苦的事啊。

於是，今晚張勝帶著一幫人，前呼後擁如眾星捧月一般來到了澳門賭場。

他不是來贏錢的，他和他所有的隨從，唯一的任務就是輸錢，輸到何先生坐立不安。

張勝正在賭梭哈。

賭神的威風氣質，他是學不了，不過比比賭聖星爺，還是頗有幾分神似的。

因為旁人賭牌，只有桌面上高高一疊籌碼，旁邊並無人參與，而張勝左右則坐了兩個人，左邊一個冷眉冷眼，神色嚴峻，雙眼不盯著牌面，卻只是微微地四下掃動，他是張勝的保鏢。

保鏢，是雇主最親密的人，也是對他的真正核心秘密一無所知的人，沒有哪個富豪會和保鏢商量事情，所以這些保鏢只知道張勝是他們的雇主，對於周氏家族的存在、張勝資金的來龍去脈以及賭錢的目的，他們一無所知。

一個合格的保鏢，就要努力做到當一個成功的隱形人，對雇主的一切視而不見，而且必須做到閉緊嘴巴。這個名叫雷甫然的三十出頭的漢子，毫無疑問就是一個很出色的保鏢，他原來是一名武功卓絕的特警戰士，單掌可以劈斷七塊紅磚，他還有一手絕活，用氣功口噴繡花針，力道可以把玻璃擊碎。

張勝右手邊則是洛菲，看這位大陸客的氣派，左邊的無疑是保鏢，照理來說右邊的女孩該是他的情婦才對，但是這女孩一身ＯＬ裝，毫無濃妝豔抹的風塵氣質，可就叫人摸不清她和中間這位賭客的關係了。

「劉先生的牌面是同花，請下注。」

「兩百萬！」那個老態龍鍾、眼睛都像睜不開的老頭兒輕描淡寫地甩出兩疊籌碼。

張勝咬著牙籤看看牌面，他是三條Ｑ，一張八，牌面比對方小，但是即便底牌加上再要一張都湊不成四條，比起對方五張同花的概率來，勝算明顯還要大上許多，旁邊兩位賭客都認為他會跟下去，不料張勝只是淡淡一笑，搖頭道：「不跟！」

剩下三家繼續賭下去，最後，是張勝上首一個姓牛的人以三條六贏了這一盤，劉老先生的底牌是同花，但最後一張卻是雜牌，以至整副牌都成了散牌。

如果張勝跟下去，這一局的贏家必然是他，左右兩家的賭客都用帶點兒鄙夷的神氣看了他一眼，張勝不以為然地笑笑，對洛菲道：「今天手氣不順，不想賭了，給我把籌碼結算一下。」

說完，他站起身來，保鏢替他披上風衣，張勝風度翩翩地走了出去。

他在這家金利賭場一共只賭了三局，每局都是發到第三張牌便放棄不跟，三局一共輸了一百二十萬澳元，隨即便意興闌珊地離去。

他一到賭場，便用瑞士銀行保兌的美元本票兌換了一千萬美金的籌碼，面額兩百萬的三十九枚，面額十萬的二十枚，當即被金利賭場視為大豪客，立即由散廳直接請入貴賓房，這裏一擲千金的豪客並不多，但是其中一個所能帶來的利益，就有可能是外面那些散客的總和的幾倍。

同銀行的盈利結構是大客戶、普通客戶八比二一樣，賭場同樣是百分之八十的收入來自於少數大客戶，百分之二十的收入來自於小散戶，有時對散戶甚至倒搭成本，只是維護人氣。一旦發現一個生面孔的賭場新貴，賭場負責人員總是不遺餘力熱情款待，希望他能成為自己這裏的常客。

今天這位客人輸了錢，不過面不改色，態度從容，又不像個心疼錢的主兒。但凡有錢人大多有些常人沒有的怪癖，賭廳經理不敢怠慢，一邊滿臉陪笑地送他出去，一邊找人陪洛菲去兌換籌碼。

一千萬美金的銀行本票已經收下了，澳門賭場當然不可能隨時開著各種面額各種幣種的銀行本票等著找零，經過簡單磋商，洛菲同意對方以當日匯率的等額人民幣結算，並提供給他們一個張勝的銀行帳號。只花了十五萬左右的美金，便有相當於九百八十五萬的美金通過金利賭場堂而皇之地匯進了張勝的銀行帳號。

賭場的豪賭客來自天南地北，而且大多身分神秘，賭場看的是真金白銀，既不會查他們的真實身分，也不會記錄每一場的賭局。所以賭客們在這裏贏多少輸多少，賭場是既沒有義務、也沒有可能向任何司法部門提供帳單和記錄的，想查證從賭場流入個人帳號的錢財來源，難如上青天。

寶盈賭場，張勝故技重施，又是一千萬美金流進了他的個人戶頭。

接著是凱虹賭場……

三天後，張勝出現在已經去過的這些家賭場的旗艦浦津賭場門口，隨行的有洛菲和四個保鏢，還有羅先生。

羅先生笑道：「你看，這浦津賭場的造型像不像一個鳥籠子？那是讓人進去就休想再飛出來。呵呵……你是北方人，可能感觸不是那麼深，我們南方人對風水是深信不疑的，為了圖吉利，在這些方面很是注意。上次去的凱虹，門口的造型就是一隻倒掛的吸血蝙蝠，至於浦津……你看出來沒有？」

洛菲仔細一端詳，呀的一聲輕叫，失聲道：「是虎口！」

「不錯，正是虎口，非常神似吧。」

張勝笑了一聲：「既是虎口，那便進去吧。不入虎穴，焉得虎子！」

第八章

賭場才是永遠包賺的賭神

張勝吸了口煙，喝問道：

「你以為沒輸錢我就高興了？誰批准你賭錢的？」

洛菲生氣地轉身道：

「是，沒有人批准，你現在一擲千金，有的是錢，只不過那和我沒有關係，我不該擅自動用你的一分錢。」

張勝挑了挑眉：

「你還不服氣，對吧？我告訴你，你今天犯了兩個錯誤：第一，你不該賭錢；第二，我來賭錢是別有目的，就算純粹是為了賭錢，你也不可以學。我不懂賭博，也不想勤練賭技做什麼賭神，這世上沒有賭神，按照博彩的遊戲規則，賭場才是永遠包賺的賭神。」

進入金碧輝煌的大廳，穿過一道形如機場安全門的安檢系統，裏邊簡直就是一個琳琅滿目的商場，賣彩票的、賣食品的、賣手錶的、兌換外幣的，一家接著一家，當然，最多的卻是當鋪。

這賭場生意做得真是服務周到至極，各類風情的表演，讓你在賭博興奮之餘調節心情，富麗堂皇的裝飾，溫文爾雅的服務生，身著迷你短裙的美麗少女，醺醉了賭場裏的每一個人。賭場內外遍佈的當鋪、銀行和貨幣兌換處，使金錢在這裏變得一文不值，似乎什麼都可以捨棄。

一樓賭博大廳，薈萃了幾乎所有張勝在錄影中才見得到的賭法。什麼百家樂、二十一點、老虎機……每個台前，都坐著一個有賭俠風範的少爺或小姐，熟練地分牌、擲骰，四周則是大群的遊客，看新鮮的多過玩的人。

還是老規矩，一千萬美金的瑞士銀行本票一亮，立刻便有一位經驗豐富的經理人員把他請進了貴賓廳。這裏的籌碼最少是十萬元一枚，最大的是兩百萬一枚，同其他賭場一樣，貴賓廳的客人少了許多，但是每一個一次下注就是幾十萬，台面一次輸贏就過百萬。

張勝饒有興致地走到一張百家樂前，看著在台面上賭錢的人，片刻的工夫，其中一個操上海口音的男子已經輸出了五百多萬。

張勝淡淡一笑，對洛菲說：「這個規則比較簡單，就玩它吧。」

百家樂的玩法很簡單，你要儘量讓你的點數靠近九、十、J、K、Q都是零，A是一，其他的牌就是它們自己的點值。如果你的總點數大於十，就看減十之後的數，沒有像二十一點中的「脹死」。

張勝玩了幾把，輸多贏少，台面上的籌碼已經不多了，他仍面不改色。

三樓一間闊綽的辦公室內，正有人向坐在辦公桌後面的一個人彙報著樓下的情形：

「怡姐，這三天，那個人去了我們五家賭場，在每個賭場下注都不超過一百二十萬，隨即便結賬走人。現在，那個人又來了，就在樓上一號百家樂的台子上，還是兌換一千萬的美金。」

坐在老闆椅上的人切換了一個畫面，然後拉近，正看到張勝笑吟吟地看著自己的牌面。

「就是這個年輕人？」端詳著電視畫面的人淡淡地問。

「是，就是他。」

「我去會會他。」

坐在老闆椅上的婦人站了起來，舉步向外走去。從背面看，她纖腰一束，風姿嫣然，只是一頭鬢髮，卻如雪一樣白。

張勝坐在台前，若無其事地丟出一枚籌碼，正在繼續叫牌，一個穿著旗袍的女人娉娉婷婷地從樓上走了下來。

她的氣度十分優雅，雖然頭髮已經雪白了，但仍難掩當年的驚豔。如果一個年邁的女人還能給人這種感覺，真難想像她當年是何等的美貌。

她細長的手指間夾著一支煙，看到張勝時無驚無喜，只是莞爾一笑，柔聲說：「先生，有興趣到樓上貴客廳去玩幾手麼？」

張勝不慌不忙，似乎早在等她到來，他把手裏的牌一扔，微笑著站了起來：「還請前輩帶路。」

那滿頭銀髮的女人淺淺一笑，轉過身，如風過荷塘般的輕盈地去了。張勝整整衣衫，亦步亦趨地隨在她的身後。

洛菲想跟上去，肩膀忽地被羅先生壓住，她有些惱怒的轉過頭瞪著羅先生，羅先生微微一笑，輕聲道：「大小姐，稍安毋躁。」

「那我做什麼？」洛菲憤憤地道。

羅先生指指牌面，笑道：「還剩五個籌碼，你何不替張先生賭下去呢？」

樓上過道口，放著一塊「閒人不得入內」的牌子，有資格到這層樓上的，都是當今世界上的超級大豪客。他們可以免費享受浦津酒店最好的套房、最好的餐廳、豪華轎車接送，甚至可以不用拿現金就能先領取巨額籌碼。

那白髮女人把張勝領進一間闊綽的辦公室，再轉過身時，臉上淺淡的笑容已蕩然無存，她用冷俏的目光盯著張勝，問道：「先生，你到底是什麼人？」

張勝鎮靜自若地笑道：「到這裏來，當然是賭錢的人。」

「賭錢？每到一家賭場都帶著一千萬美金的瑞士銀行本票，每次只輸一百二十萬澳元？」

張勝哈哈大笑，他愜意地坐到沙發上，拿出一支煙悠然點燃，吸了一口，噴出一個煙圈道：「怎麼，依您的意思，我帶了多少錢來，就得把多少輸光，才可以離開嗎？天下任何一家賭場，都沒有這個規矩吧？還是說，區區一千萬的銀行本票，就把堂堂的浦津賭場給嚇住了？」

「區區一千萬美金？你好大的口氣！」那婦人冷笑。

「有心開飯店，就別怕大肚漢，既然你浦津賭場吃不下這麼大的籌碼……」張勝遺憾地搖搖頭，起身欲走，「那麼我還是去外資賭場看看吧。」

這句話正觸到這個女人的痛處，澳門正式開放賭博專營權，使美資和其他國家資本進駐澳門大開賭場是明年的事，但是現在風聲已經傳出來了，而且澳洲資本背景的賭場早就開始營業了，賭王一家獨大的局面即將不保，她怎受得了張勝如此相譏。

老婦人冷笑一聲道：「我們日營業額超過一億的浦津賭場，如果吃不下你一千萬美金，你在整個澳門就別想找得到第二家。」

「如此看來我只能在你這家賭場花錢了。」張勝順勢又坐回去，眨眨眼，笑道，「那麼就請夫人找幾個人，一齊來賭上幾局如何？」

那位風度優雅、氣質雍容的老婦人也笑了，她在對面側身坐下來，微笑道：「我想先生玩上一把兩把之後就會意興索然，或者突有急事需要離開，然後就會要求我們把剩下的巨額資金打回你的帳戶吧？還有可能會要求我們全部兌換成人民幣？」

「啪、啪、啪！」張勝擊掌讚賞，蹺了蹺大拇指道，「和聰明人說話，就是省力氣。」

老婦人臉色一陰，冷冷地道：「蛇有蛇路，鼠有鼠路。我不想盤問你的出身來路，我開我的賭場，我們之間是井水不犯河水，請你馬上離開，否則我會報警。」

張勝好整以暇地笑道：「報警？來你們這兒賭錢的，有多少人的錢來路不正？你若報警，豈不是自斷財路，把客人都趕到競爭對手那兒去了？呵呵，報警……我看你這場子是不想開了。」

老婦人怒道：「你想怎麼樣？」

「合作！」

張勝身子向前一俯，臉上帶著淡定的笑容：

「你這裏是賭場，就沒有權力阻止賭客進來。如果你不願合作，我大不了麻煩一些，每天跑一趟你的場子，輸個十萬八萬，然後結賬走人，你一樣要把錢匯給我。呵呵，說不定哪天手氣好，我還能贏上不少錢。」

「你……」老婦人雙眉一剔，滿頭銀霜，竟是別具一番威儀。

「你拿我沒辦法！」張勝一針見血，「遊戲規則是你們訂下的，我並沒有違反這個規則。」

說到這兒，他換了一副口氣，非常誠懇地道：

「當然，如果你肯合作……我想我們雙方都會愉快得多，也安全得多。澳門是世界三大賭城之一，你這家賭場，每天需要四十個人連續工作十六個小時，不停地用點鈔機數錢，財源滾滾令人咋舌啊。如果在這堆積如山的財富中魚目混珠，捎上那麼幾筆錢，又能給你們帶來不菲的收入，夫人……何樂而不為呢？」

由於賭場的規矩不容更改，加上賭場競爭日益激烈，自己鑽了他們制定的遊戲規則的空子，他們拿自己毫無辦法，而一旦暴露，他們名聲也要受損，必然受到嚴格管制，那麼他們的收入必然大受影響。

僅從這一點上來說，他們就有不得不和自己合作的理由，何況從中還能獲得一筆傭金。張勝是用較大把握讓對方妥協的，其實他若與那位神通廣大的老闆是素識，可以直接找上門去請他幫忙，如今只是苦於沒有門路與他攀交，才迫不得已用上這招「單刀直入」。

張勝微笑道：「我相信你們強大的線人網路已經搜集到有關我的全部資料了，我既不是毒梟，也不是軍火販子，不會給你們引來滔天大禍，老夫人儘管放心。」

老婦人臉上陰晴不定，看他半晌方向道：「你還有多少貨需要我們代匯？」

張勝沉吟了一下，知道全部交給他們，他們也吃不消，便道：「像今天一樣，一共四十張。」

「美金？」

「美金！」

老婦人一雙猶自美麗的眼睛瞇了起來：「我們的抽傭是多少？」

張勝笑笑：「按行規，別人多少，我多少。」

老婦人沉吟起來，四十張一千萬美金的瑞士銀行本票，那可是四億美金吶，雖說這兒開賭場的見慣了金山銀海，聽說是如此巨大的一筆數額，還是覺得觸目驚心。她仔細思索半晌，才道：「這件事，我需要請示一下。」

張勝禮貌地道：「您請便。」

他知道，這位老夫人還需要請示一個人，只有那個人點頭，這筆生意才算成交。

其實賭場哪怕開在明處，哪怕是合理合法的，始終免不了藏汙納垢，作為賭場，除了賭博收入，一定還有其他灰色收入的，問題是，張勝也好，文哥原來殘餘的勢力也好，幾乎都沒有涉足黑道，更與澳門賭博業沒有牽涉，雙方缺乏信任基礎。

張勝這幾天的表演，對方完全看在眼裏，又必然對他進行過相當細緻的調查，相信會對他的戒心大為減輕，他到這裏公開與對方攤牌，危險是沒有的，行有行規，對方不會愚蠢到向警方告發他自毀名聲、自斷財路。即便不答應合作，他們也會幫著竭力泯滅他來過這裏的痕跡，他緊張的是不知道大老闆會不會幫忙。

那筆傭金雖然價值不菲，以賭王的眼界卻未必看在眼裏，他若肯幫忙，十有八九會是因為張勝表現出來的潛實力和強大財力，願意結納他做朋友。

若是以前賭場老闆一門獨大的時候，這種可能是根本不用考慮的，不過現在小小的澳門馬上就要強者雲集，明年博彩業開放經營權，拉斯維加斯、蒙特卡洛兩大賭場必然想來分一杯羹，但願老闆是個居安思危的人。

張勝輕輕敲擊著手指盤算著……

「張先生……」老婦人微笑著走了回來。

察言觀色，張勝心中不由一輕，隨之站了起來。

「張先生，二十四小時之後，我會給您最終的答覆。」

「二十四小時嗎？好吧，那我明天再來。」

老婦人微微一笑：「請自便。」

「老闆……」一見張勝，洛菲便慘叫一聲，撲過來拉住了他的衣袖。

張勝嚇了一跳，哭笑不得地道：「怎麼啦？」

洛菲用一雙楚楚可憐的眼睛看他：「我……我看你桌上還有幾個籌碼，羅先生說不如我一邊玩一邊等你，結果……全輸了。」

張勝愣了愣，有些不悅地說：「輸就輸了吧，我們走。」

洛菲低下頭不敢看他，囁嚅道：「可我……我不甘心，想贏回來，結果……又輸了好多。」

張勝臉色有點變了，問道：「輸了多少？」

「二……二百四十萬。」洛菲一邊說，一邊偷偷看他。

張勝怔了怔，臉色變得極為難看，他語氣有些生硬地說：「這筆錢我會付的，但只此一次。」

張勝轉身拂袖欲去，洛菲一把拉住他衣袖，怯怯地問道：「你……你生氣啦？」

張勝一抖衣袖，甩開她的手，頭也不回地離去。

洛菲怔在那兒，一雙大眼睛飛快地蒙上一層霧氣。自認識張勝以來，她還從未見張勝跟她發這麼大的脾氣，甚至當著這麼多人，絲毫不給她留面子。

她今晚手氣相當好，替張勝玩了幾把，不但把賠掉的錢全賺了回來，還贏回來一百多萬，錢不在多少，這種樂趣卻讓洛菲開心得有點得意忘形了，所以一見張勝下樓，趕緊揣好籌碼，成心跟他開玩笑。

她本想這麼說，引得張勝答應為她賠付賭注，然後再獻寶似的把贏回來的錢都交回去，讓他也開心一下，誰想……碰了一鼻子灰，尤其還有羅叔跟著，全被他看在眼裏，洛菲心裏委屈極了。

羅先生一見兩人鬧彆扭，就像黃花魚似的，嗖地一下便蹓牆邊兒去了。這時眼見張勝拂袖而去，大小姐珠淚盈盈，自己再躲著也不是辦法，才悄悄地湊了上來：「大小姐？」

洛菲把袖子一甩，怒氣沖沖地跟著向外走。羅先生摸摸鼻子，訕笑著跟了上去。

張勝回到自己下榻的飯店，剛剛洗浴完畢，走回客廳，洛菲便沉著臉走進來。她的眼睛、鼻子紅紅的，好像剛剛哭過。張勝腰間圍了一條浴巾，肩上還搭了一條，正擦拭著水滴，見她進來，臉色還是有點兒冷淡。

「諾！」洛菲雙手捧成一捧，伸了出來。

張勝看看她手裏花花綠綠的籌碼，問道：「這是什麼？」

「籌碼啊！我跟你開玩笑的，你的錢我一分也沒有輸掉，還贏回來一百多萬呢，還你！」

張勝看看她沒有說話，他坐回椅上，蹺起二郎腿，拿過香煙點起一根，歪著頭用一種很有趣的眼神打量她。

洛菲一見，沒好氣地把籌碼往床上一丟，轉身便走。

「站住！」

張勝一聲低喝。

「幹嘛？」洛菲帶著鼻音問。

張勝吸了口煙，喝問道：「你以為沒輸錢我就高興了？誰批准你賭錢的？」

洛菲生氣地轉身道：「是，沒有人批准，你現在一擲千金，有的是錢，只不過那和我沒有關係，我不該擅自動用你的一分錢。」

張勝挑了挑眉：「你還不服氣，對吧？我告訴你，你今天犯了兩個錯誤：第一，你不該賭錢；第二，我來賭錢是別有目的，就算純粹是為了賭錢，你也不可以學。我不懂賭博，也不想勤練賭技做什麼賭神，這世上沒有賭神，按照博彩的遊戲規則，賭場才是永遠包賺的賭神。」

「賭博業發展到現在，遊戲規則經過千錘百煉，幾近滴水不漏，運氣好的賭客可以贏錢，但賭客作為整體而言，永遠是輸家；賭場的贏家地位在遊戲設計階段就已經決定，不管你出千也好，不出千也罷，要想從賭場贏錢談何容易？」

「不怕你贏錢，就怕你不來賭，這就是賭客與賭場之間的玄機。一個年輕女孩子，一旦迷戀上賭博，那麼她這輩子就算完啦！所以我聽說你賭錢才極為不悅，不管你是輸錢還是贏錢！」

洛菲的身子震動了一下，臉上的怒氣漸漸消散。

張勝聲色俱厲地說：「你做錯的第二件事，就是不該擅自動用我的錢。我的是我的，你的是你的，永遠不要逾越了自己的身分。如果一個女人花男人的錢成了習慣，成了她認為理所當然的事，那麼她離墮落也就不遠了！」

張勝鄭重地道：「我眼中的洛菲，一直是好女孩，我不希望有一天你在名利這個大染缸裏迷失了自己！」

「我……」洛菲的語氣柔弱下來，慢慢抬起眼睛看著張勝。

張勝從來沒這麼訓斥過她，兩個人一向嘻嘻哈哈的就像一對好哥兒們。可是現在被他狠狠地訓了一通，洛菲卻像突然才認識他似的，看著他，有種新奇的、很特別的感覺。

「好了！你回房去好好想想，把我的話想個明白。想得明白，以後就繼續跟我幹，想不明白，自己辭職，回老家去吧！」

洛菲沒再說話，轉過身，垂頭耷腦地走了出去。

洛菲一出房間，羅先生就在一旁擠眉弄眼地道：「大小姐……」

洛菲扁著嘴往自己房間走，一聲不吭。

羅先生陪著笑追上去：「大小姐，我覺得張先生說得對啊，最重要的是，我能感覺得出他對你的關心和愛護。你有沒有發現，他對你的態度，就像發現自己孩子有什麼不好的苗頭時焦急萬分的家長，恨不得越嚴厲越好，只要能扼殺她不良的發展勢頭。」

洛菲沒好氣地白了羅先生一眼：「他是我爹呀？」

「不是這意思，我是說，他拿你當親人吶。大小姐，女人都喜歡男人為她一擲千金，來確認自己在他心裏的地位重要與否，可是也要分場合、分情況啊。他寧可拒絕你的億萬嫁妝，也不娶一個素不相識的女人，哪裏是愛財如命的人！可見他的確是關心你啊。」

洛菲站住了，臉紅脖子粗地質問他：「什麼叫女人都喜歡男人為她一擲千金，什麼什麼確認地位，你說什麼？」

羅先生慌了，支支吾吾地道：「我……大小姐，你誤會了，我沒說你喜歡他……」

這一說，洛菲更是窘得沒臉見人了，她一把推開房門衝了進去。

「砰」的一聲，房門險些撞了羅先生的鼻子。他摸摸鼻子，莫名其妙地道：「這是什麼什麼呀？大小姐怎麼怪怪的，不是真的喜歡他了吧？」

張勝一番聲色俱厲的話罵跑了洛菲，心中也有些不忍，但還是強忍住了。他是真的不希望洛菲這個女孩子在名利圈子裏被金錢擊倒，變成錢的奴隸。

看著洛菲離開，房門緩緩掩上，張勝也輕輕歎息了一聲：也許今天這番重話就此得罪了她，在彼此之間產生一些芥蒂，被她誤解不要緊，只希望自己一番苦心不要白費了，如果她今後不知悔改，張勝是真的會把她送回東北的，絕不讓她在自己身邊變成一個拜金女孩。

他脫下浴衣，剛剛換好一身出入皆宜的休閒服飾，房門便敲響了，張勝以為洛菲去而復返，忙站起來走過去打開房門。

房門一開，只見他的兩個保鏢站在那兒，後邊跟著一個西裝革履的男子，濃眉凹目，挺拔的鼻樑，有點像維族人。

「張先生，這位先生說有重要的事見您。」保鏢說完，向他遞了個眼色，意思是已經搜過了這個人，身上並未攜帶武器。

張勝好奇地看了那人一眼，頷首道：「請進。」

那人單手撫胸施了一禮，然後走了進來，兩個保鏢也跟進來，一左一右站在張勝的身後一步遠的地方。

「張先生，您好。」那個西裝凹目男子微笑著又施了一禮，「我奉命來邀請您，有位先生非常希望結識您，希望您能賞光見上一面。」

「你是什麼人，邀請我的人又是什麼人？」張勝冷靜地問，同時緊張地思索著，這個時候趕來見他的，當然不會是賭場老闆的人，那麼是什麼人知道他到了這裏並想見到他？照理說，這次故意招搖過市，但是也僅限於賭場之中，注意到他的人只能是賭場裏的人，外人應該不知道他的存在才對。

「先生，您的身分一定不希望被別人知道，同樣的，那位先生的身分，也不希望被太多人知道。不過，他想見您，絕對是善意的，而且是對雙方非常有益的一次會面。他是一位非常好客的主人，而且，他的住處並不遠，您不需要離開這層樓就能見到他。如果不是擔心過於冒失，他會主動上門拜訪的。」

這層樓住的全是身分極為尊貴的客人，上樓乘坐的也是專用電梯，普通人根本無法到達這一層，聽說那個人也住在這裏，張勝對對方的身價起碼有了一個初步的認識。

如果有人知道他的身分，而且就住在他的隔壁，他卻對對方一無所知，恐怕晚上連覺也睡不安穩了。張勝想了一下，終於按捺不住好奇心，點頭道：「好吧，我同意去見見他。」

那個人微笑起來，他深深地施了一禮，眼珠凝視著張勝，輕聲說：「這次會見，相信不會令您失望的。」

張勝沒有通知羅先生，帶著兩個保鏢隨著那個神秘的西裝男子離開房間，踏著厚軟的地毯走向長廊盡頭。這層樓每套房屋都在五六百平米，因此房與房之間的距離非常大。

張勝走出大約一百多米，那人在一間豪華套房前停住，按了按門鈴，轉身對張勝禮貌地欠了欠身，微笑道：「張先生，到了。」

門開了，張勝一看見門裏出現的人，頓時愣在那兒。門裏站著一個滿臉絡腮鬍子的男人，身穿一領齊腳連帽的白色長袍，頭上套了一個黑色頭箍，根本就是一副阿拉伯人打扮。在他身後，站著四個女人，全都穿著密不透風的阿拉伯女性服飾，臉上蒙了薄紗，只露出一雙美麗慧黠的眼睛。

「你是……」張勝既驚訝又疑惑地問。

「你好，張先生，我已經等候多時了。」那人微笑著行了個阿拉伯禮，「我是穆罕默德．阿貝德．阿拉法特．納比爾．本．阿卜杜拉．侯賽因。」

「哦哦，穆罕默德……阿拉法特……侯賽因……」

張勝只能叫出這麼三個比較熟悉的名字，那個阿拉伯人見到他有些發窘的樣子，爽朗地笑了起來，用一口地道的中國話說：「張先生，你叫我侯賽因就可以了。」

張勝如釋重負，忙換上一副笑臉，說道：「侯賽因先生，您好。」

「您好，張先生，請進來談吧，她們……是我的妻子，我的房間裏，再沒有其他人了。」侯賽因笑著聳了聳肩，隨意地介紹了一下隨在他身後的四個女人。

對方這種陣仗，而且還帶著女眷，對他懷有惡意的可能性已經非常小了。張勝向兩個保鏢遞了個眼神，示意他們等在外面，便走進門去。

門關上了，那個去邀請張勝的西裝男子也留在了門外，雙方大眼瞪小眼地站在那兒。

一進門，張勝感覺到的就是一種完全的異國風光，雖然他們保留了酒店的主要佈置，張勝沒有在房間裏發現駱駝和阿拉伯人的帳篷，但是地上鋪著阿拉伯風格的地毯，還有低矮而裝飾華美的几案，案上放著瓜果美食，盛飲料的器皿都是華麗的金色。

熱情好客的侯賽因走在最前面，把張勝引向中間那張几案，他的四個妻子亦步亦趨地隨在後面，做工精細、質料高昂的黑色長袍發出微微的律動，可以隱隱看出袍上繡著的黑色暗花，還有淡淡幽香。

「請坐，張先生。」侯賽因禮貌地向張勝示意，和他在兩張几案後分別盤膝坐下。

張勝按膝坐下，淡定地問道：「侯賽因先生，能在這兒見到遠方的阿拉伯朋友，著實令人吃驚。而您約見我，更令我吃驚。不知道您約我來，到底有什麼事呢？」

侯賽因呵呵一笑，說道：「張先生，我注意到，您似乎遇上了什麼麻煩，可能……您正為了一大筆錢的安排而苦惱？」

張勝暗吃一驚，臉上卻不動聲色，只是淡淡一笑道：「侯賽因先生，我不懂您的意思。」

說著，他一隻手暗暗抓住几案一腳，另一隻手悄悄隔著衣衫捏住了衣兜裏的呼叫器。呼叫器一響，他的保鏢就會以最快的速度衝進來。

侯賽因見他一臉警覺，連連擺手道：「不不不，張先生，請不要誤會，我對您絕無惡意，請先容我自我介紹一下。」

他頓了一頓，說道：「我來自摩洛哥，到神秘的東方，是想在這裏開創屬於自己的事業。」

「哦？」

張勝瞇起眼聽著。

侯賽因繼續說道：

「世界上有三大賭場，分別分佈在美國、摩納哥和澳門。還有一說，把美國的大西洋城也單獨分列，那就是四大賭場。而我們摩洛哥，並不在其中，但是我們摩洛哥有五大賭場，其實規模未必遜色於它們，只是地處北非，先天不足。」

「摩洛哥五大賭場，分佈在阿加迪爾、馬拉喀什和坦吉爾三個城市，其中最大的是香格里拉賭場，我曾是那裏的主要負責人。」

張勝聽到這裏，已經知道這個人對自己絕對沒有敵意，但他仍不明白這人找上他的原因。他放鬆下來，聽著侯賽因繼續自我介紹。

「其實世界三大賭場的賭博方法大同小異，區別只是經營規模的大小和經營理念的不同。我雄心勃勃，一心想把賭場做大做強，就算不能成為世界第一，那麼也要和美國的拉斯維加斯、大西洋城、蒙特卡洛，還有澳門齊名才是。可是，我的老闆目光太短淺了，太容易滿足了，他不願意做這樣的嘗試。」

「於是，我離開了他，想到人口最密集、富有程度越來越高的東方來施展身手。在此之前，我已經考察了拉斯維加斯、大西洋城、蒙特卡洛的各家賭場的經營方法和各自具備的優勢，最後一站就是我打算大展身手的地方——澳門。」

「相對於美國和摩納哥，澳門的賭場無論是規模還是經營方法，其實都比較落後。明年，澳門特區政府就要對外開放賭博經營權了，我來得正是時候，我相信，以我的經驗和運作方法，我可以在澳門大有所為，但是我的資金不足，這是我最大的弱勢。」

「在考察中我還發現東方人很重視人脈關係，而我在東方全無基礎，我只懂經營。正在我苦於難有作為時，偏偏這時我又遇到了你，啊，這簡直就是真主賜給我的機會。」

張勝聽到這裏，已經明白了他的意思，侯賽因需要一個合夥人，為他提供資金和人脈關係上的幫助，而他找的那個人，就是自己。

張勝雙眼微眯，問道：「侯賽因先生，我想，你是打算跟我合夥開賭場，從澳門賭王手裏搶塊大蛋糕吃，是麼？」

侯賽因咧開嘴笑了起來：「朋友，我正是這個意思。你看著吧，明年澳門博彩經營權一開放，拉斯維加斯和蒙特卡洛也會不甘寂寞插上一手的，我們先行一步，就會搶佔先機。」

張勝微微一笑，道：「似乎，你認定我會跟你合作了？」

侯賽因狡猾地笑道：「張先生，你正好有一大筆錢苦於無法安排，無法讓它名正言順地擺上台面。那麼，為什麼不試著跟我合作呢？一來，你可以更安全更穩妥地把它變成合法收入；二來，它可以在變成合法收入的時候，增值很多、很多……」

他舔了舔嘴唇，眼中露出熾熱的光來：「你永遠不會知道，開賭場，你的利潤到底有多大！不過，你必須是個成功的經營者，得讓客人肯到你這兒來！」

「你是怎麼瞭解我的事情的？」張勝冷冷地問。

侯賽因的描述令人心動，但張勝最關心的卻是自己如何暴露了行蹤，一旦這破綻太過明顯，他得馬上停止行動，把資金重新匿藏起來。

侯賽因呵呵地笑起來：「張先生，你不必驚慌，我保證，除了我和我的四位妻子，沒有別人知道你的秘密。事實上，我發現你的秘密，完全是出於偶然。」

他眨眨眼，微笑道：「我是開賭場的，我的四個妻子都是賭術高手，有時候，她們會去賭場裏賭錢，替我瞭解一些當地賭場經營上的特點。」

他說到這兒，向一個妻子點了點頭，那個只露出一雙嫵媚眼睛的女人似乎微微笑了一下，然後抬手解下了臉上的面紗，露出一張俏臉。她褪去頭上的連衣帽，將頭髮披散開來，挽了幾挽盤在頭上，用一隻手固定著，帶著異國風情的韻味，嫣然瞟向張勝。

張勝定睛看了幾眼，忽覺有些面熟。

侯賽因笑道：「這完全是個偶然，我的妻子塞麗雅去本地賭場觀察他們的經營，在金利賭場曾和你同台賭過三局，你只賭了三局就離開了，而塞麗雅去賭錢僅僅是為了瞭解他們的經營而已，所以她也離開了。巧得很，你們又在第二家賭場碰面了，這引起了塞麗雅的好奇。然後，她立刻通知我的另一位妻子，換人尾隨你去第三家、第四家、第五家，直到讓我基本瞭解了您的意圖。」

張勝聽得呆在那兒，他沒想到自己的破綻竟是這麼暴露的，他的行為在任何一個賭場都不會引起賭客懷疑，只有這些賭場共同的老闆何先生才有可能發現他的行徑有些蹊蹺。想不到，突然來了一個阿拉伯人，他居然也是打一槍換一個地位，陰差陽錯地和自己再三相遇。

這真是螳螂撲蟬，黃雀在後呀。

張勝暗暗後怕，同時也有些慶幸：「幸好發現這個秘密的是這個想來開賭場的阿拉伯人，而不是國安局混跡賭場的特務。」

張勝賭錢堅持進貴賓廳，寧可多賠一點，就是怕引人注意，特務是沒有那麼多經費充作進貴賓廳的賭客的，在散台就沒有這限制，他們哪怕不賭錢，只是扮遊客四處閒逛，也不會被趕出去，想不到千防萬防，還是百密一疏。

侯賽因說到這兒，非常誠懇地道：

「張先生，在今日之前我們並不認識，不過我可以把我的履歷和在澳門開賭場的一些想法說給你聽，請你參考一下，看看是否有與我合作的必要。我相信，合作對你我來說，都是一件有百利而無一害的好事。」

這時，那個叫塞麗雅的女人已經重新繫好面紗，戴上帽子，和其他三個女人一起靜靜地注視著張勝。張勝無心一顧，他已陷入緊張的思緒當中。

張勝把玩著桌上的一個酒壺，暗暗思忖著。

這只酒壺是純金的，他只一掂就知道了，酒壺的把手、壺蓋、壺嘴上都鑲著紅寶石、藍寶石、祖母綠、貓兒眼一類的珍貴寶石，這只酒壺已經不能簡單地以這些昂貴材料的本身價值來計算，早聽說阿拉伯人喜歡華貴優美的東西，他們的日用品不只是簡單地達到使用的效果，而是喜歡用它來體現財富和華美，果不其然。

由此看來，這個侯賽因自己就是一個很富有的人，只是以他一人的財力，還不足以開一個令人耳目一新的大賭場罷了。最重要的是，他需要一個東方面孔的人來做他的合作夥伴，在異地他鄉，找個當地人合作，是最恰當的做法。

張勝一直在考慮兩年之後自己的發展動向，股市沒有永遠不敗的英雄，這是一條充滿風險的路，一條走在懸崖上的路，他是打算見好就收的，讓鍾情在北京發展房地產，就是他向實業靠近的一步嘗試，如果成功，那麼兩年之後，那未嘗不是他可以走的一條路。

但是搞房地產是賺錢的好法子，賺錢的好法子卻不止搞房地產這一項。

「永遠別把所有的雞蛋放在一個籃子裏」這條教訓，在他的匯金公司被充沒的時候，他就牢記在心了。文哥的數十億美金中，有十分之一是屬於他的酬勞，這筆錢約有三億左右。

此外用文哥這數十億美金兩年內運作而產生的利潤，也全部歸他所有，時間緊迫，只爭朝夕呀。

他原打算兩年後就退出風險迭起的資本市場搞實業，房地產是一條腿，另一條腿卻沒想好走什麼路，現在遠自北非而來的侯賽因，卻突然點醒了他：開賭場是一本萬利的，只要你能頭三腳踢開門面，把招牌打響，那是永遠不會賠的。

人說賭博猛於虎，那是對參賭的人說的，開賭場的人是永遠不會賠的。澳門賭場是合法經營的企業，明年賭博經營權一放開，美洲人、澳洲人、歐洲人，都會趕來分一杯羹吃。大陸卻不可能有人跑來開賭場，大陸以前頂多有些小小的地下賭場，同澳門博彩業相比，規模實力懸殊極大，沒有人具備這方面的經驗和能力，根本無法參與競爭。

這個侯賽因曾是摩洛哥香格里拉賭場的管事，搞賭場的經驗是有的。看他相繼趕去世界各大賭場取經，顯然是個謀而後動、老成持重的人；發現自己一點兒蛛絲馬跡，就能揣測個八九不離十，進而主動聯絡邀請，無論機警性、主動性，還是冒險精神，都完全具備。

如果與他合作，在澳門有一家屬於自已的賭場，那可是永賺不賠的買賣。

他思忖良久，手指下意識地摩挲著那只寶石裝飾的酒壺，侯賽因耐心等了一陣，問道：

「張先生，你意下如何？」

張勝抬起眼睛，似笑非笑地看著他，問道：「不知侯賽因先生可以投入多少錢開賭場？」

侯賽因遺憾地搖搖頭，說：

「我的個人財產僅有兩億美元左右，這些錢是不夠在澳門這種地方開賭場的，你要知道，建一座氣勢恢宏的大型賭場，所需不菲。而且，開賭場要向特區政府繳納保證金，開一個貴賓廳的話，需要的保證金就得一億澳元。僅這些錢，我將無法爭得經營權……」

張勝打斷他的話，問道：「那麼，你認為投入多少錢才能開一家成規模的大型賭場呢？」

侯賽因的眼睛亮起來：「如果我們想建一座能同浦津抗衡的大型賭場，至少需要九億美元。」

張勝聞言變色，他沒想到開一家賭場居然耗資如此巨大，這哪是建賭場啊，簡直是建皇宮啊。

侯賽因見他萌生怯意，急道：

「張先生，你知道澳門去年一年博彩業的收入是多少錢嗎？二十五億美元！明年，一旦拉斯維加斯、蒙特卡洛等大賭場進駐澳門，將使澳門一舉超越拉斯維加斯，成為全球博彩業之冠。保守估計，只需一年左右的時間，博彩年收入將達到七十億美元以上，也就是一年收益翻三倍！」

張勝聽到這裏，立即追問道：「那我問你，如果我們現在合作建一家賭場，規模要小一點兒，大約在四至五億左右，一年盈利情況如何？」

侯賽因猶豫了一下，仔細盤算半晌，才遺憾地搖搖頭：

「賭場剛剛建成時，沒有熟客捧場，又不是規模第一等的大場子，很難招攬到足夠多的貴客豪賭，這樣的話，一年的經營利潤……」

他面有難色地搖搖頭，張勝有點兒失望，方才見他口氣挺大，想不到一說拿不出他需要的足夠的錢，立即就像鬥敗的公雞。張勝有些不耐煩地問道：「請坦率地告訴我，按照你的估計，這樣的場子一年經營利潤能有多少？」

侯賽因苦笑一聲，攤攤手道：「朋友，以真主的名義，我不想欺瞞自己的合作夥伴。如果是這樣的話，一年時間，我們只能回本而已。」

張勝目光一凝，不敢置信地看著他，好半天才不敢相信地說：「你說……回本……什麼意思？」

侯賽因道：「就是說，我們投入五億美金的話，辛苦一年，只能賺回五億，收回我們的本錢而已。」

張勝聽了倒抽一口冷氣，立即意識到，他人生中的一個重大機會已經出現在眼前，侯賽因所說的困難對他而言，根本不算是困難，首先，他有充裕的資金，當然，這一點現在還不能暴露，即便侯賽因已經成為他的合作夥伴。

其次，其中種種運作，即便不動用文哥的資金，僅用他名下的資金，他也完全可以用東方式的智慧辦得到。特區政府既然決心開放博彩業，拉斯維加斯和蒙特卡洛等地賺得盆滿缽滿的大富豪們必然會來插一腳。

但澳門賭王在此地經營數十年，根基牢固，人脈勢力非同小可。既然不能阻止競爭對手介入，他們不需要一個幫手或者一個可以起到緩和衝擊力的盟友嗎？

到時只要對賭王示之以弱，再加上自己同為中國人，先天上比較親近的關係，當兩個強大的對手競爭兵臨城下時，出於自身利益考慮，澳門本地賭場對他這個東方人，而且明顯力量稍遜一籌的介入者是樂於見到並會提供幫助的，人脈有了、再加上資金，要競爭一塊經營權，十有八九可以做到。

這就是借力打力，順勢而為了，與他競買橋西開發區的土地，並成功建立企業，和上邊的大方向不無一致，其實是同一道理，只不過是經營規模的大小不同而已。

第二，即便文哥不同意動用他的資金介入賭博業，憑藉自有資金也可以完成第一步，競爭經營權。其後就好辦了，完全可以在賭王的幫助下爭得一塊好地，投入資金簽它十億甚至更多又何妨？一次簽十億也不可能在一年內全部投入，這個時間差大可利用。

前期沒有足夠的資金，那就先蓋一座中型賭場，其他的地方一堵牆圈進園子，我當園林使用，這就是我的經營風格，誰也說不出二話，這可是國內一些資金不足的建築企業常玩的伎倆。等到一年後回本，又有了五億美元的資金，用已有資產抵押貸款是很容易的，有一年回本的成功經營，各大銀行甚至會主動貸款給他。加上這五億美元的盈利，中型賭城就能在一年後擴建為大型賭場，此謂借雞生蛋。侯賽因在為他的人生主動尋找機會，自己就不能有點兒冒險精神，抓住送上門的機會嗎？

人之所以能取得成功就是由於外界機遇的存在，自身的努力不過是加快成功的動力而已。成功的關鍵是機遇，千里馬遇不到伯樂，其價值還不如一頭騾子。偶然成功的人是幸運的，偶然發現的機遇能抓住，並利用自己的智慧、勇氣、能力去實現，才是真英雄，只是不知……我和侯賽因，誰是千里馬，誰是伯樂。

張勝注目望去，心想：這一切唯一需要我擔心的，是侯賽因先生的確是經營賭場的一位行家裏手嗎？

侯賽因和他的四位夫人緊張地等待著張勝的回答，張勝深吸一口氣，努力做出一副輕鬆的笑容道：「侯賽因先生，請您儘快向我提供一份投資計畫書，在仔細研究之後，我會決定與您合作與否！」

第九章

父母之命的婚姻

「結了婚就該回東北了吧？」張勝一時還真有點兒捨不得這個得力助手。

「快了吧，我也不知道耶，等他決定吧。」洛菲一副無所謂的樣子。

「等他決定？你都沒主見的嗎？總該一塊商量商量吧？」

洛菲道：「有什麼好商量的，父母之命，媒妁之言，自己做不得主的。」

張勝驚訝道：「不是吧？現在都什麼時代了，你還一切由父母作主？那可是你的終身大事。」

洛菲笑了，笑得很好看，還有點兒狡黠的意味：

「我這人很孝順的，父母的話怎敢不聽？看他嘍，他要是不要我，那我就自由戀愛。」

一天後，澳門方面在調查確認張勝沒有販毒和倒賣軍火的可能後，與他達成了秘密協定，在一年之內將四億美金分批次代為劃轉入他的戶頭，抽傭是一億澳元。這個代價是可以接受的，更重要的是，這一來同澳門賭場建立了一種相互可信任的生意關係，對他在澳門開賭場謀求地頭蛇的支持創造了條件。

張勝和侯賽因先生互換了名片和聯繫方式，等候他拿出具體的投資操作計畫書，以論證投資與收益的可能性。同時，張勝把他的聯繫方式交給了手下人進行調查，並派人直赴北非，畢竟，這批投資相當重要，他必須對這個合作夥伴做到最細緻的調查，以確保資金安全。

張勝解決了澳門的事回到了深圳。這天是星期日，張勝來到園山俱樂部同商界朋友們見面。這個俱樂部不是這裏的會員或者會員引見，是進不去的。十萬元的註冊費，一年兩萬的年費，在當地絕對算是極為昂貴的俱樂部了，但是對張勝來說，這種必要的應酬和消費是值得的。

因為他的許多生意是在這裏談成的，同時，他的主要投資領域是資本市場，這裏最多的就是各行各業的富豪，他們的一舉一動，談話中無意間涉及的一個問題，都有可能向張勝透露一些重要的市場訊息。在這裏，給他帶來的財富遠遠超過了付出的年費，花小錢、賺大錢，絕對物有所值。

這裏有日式餐廳、義大利餐廳，日式餐廳不僅有壽司吧、燒烤屋，還有幾間原汁原味的榻榻米。據說那位日本廚師長曾經為日本皇室服務過，手藝絕對精湛。而義大利餐廳，也是由正宗的義大利廚師掌勺，提供純正的義大利菜和酒水。

不過張勝對這些菜式全無興趣，他曾批評說：「所謂的外國菜，實在難以下嚥。什麼比薩，根本是學習中國的餡餅沒學明白，那餅一烙餡全露了，結果就烙成那副德性了。沙拉？那也能吃？生魚片、壽司，你確信自己不是茹毛飲血的原始人嗎？」

很好，很標準的深圳新貴的嘴臉、一副股市暴發戶的形象，他的話引得俱樂部的朋友們一陣大笑，卻也因此贏得了大家的好感。在這裏，每個人都是生意場上打了幾個滾的人，他們不怕你露醜，不會看不起你不如人的地方，只要你能成為這裏的會員，已經證明了至少在某一方面，你是一個了不起的人，他們討厭的是在任何地方都城府頗深、隱藏自己的人。

張勝最喜歡去的是中式風格的餐廳「金風閣」，金風閣在八樓，氣勢不凡，富麗堂皇。大廳裏有巨幅山水畫，還有各色古典傢俱、古典燈飾，一件件名貴的紫檀木屏風，更將氣派和優雅氛圍上升到極致。這裏穿梭往來的女服務員，穿的都是精心設計的復古式衣袍，一個個身段窈窕、容貌婉媚的女孩兒風拂楊柳般地在中餐廳裏一轉，也是一道可以佐餐的風景。

這裏的中式菜單由南到北，囊括了各地所有的名菜，都是採用最好的原料精心烹製的，當然，它們的價格也不低，有點兒名氣的菜，價格從八千八百八十八元到五萬八千八百八十八元不等。

此刻，張勝正在中餐廳裏同一位加拿大客人微笑著輕聲交談，大廳一角，一個古裝女子素指如蘭，正在彈奏一曲古箏音樂《風入松》，音調不高不低，既不會影響用餐者交流，又可以增加氣氛。

一個淡綠古裝的女子走到張勝身邊，禮貌地示意了一下，打斷兩人的交談，在張勝耳邊低語幾句。張勝點點頭，又和那個加拿大人交談一會兒，然後很愉快地起身，握手，那個加拿大人便轉身離開了。

又談成一筆大生意，這次是進口機電設備和聚乙烯材料。張勝自己並不需要這些東西，他開了一家外貿公司，專門承攬代銷代購國內外商品，公司甫一開張，就名聲大振，成為深圳商界很有名氣的一位能人，許多生意人都知道從他那兒可以買到物美價廉的生產材料，紛紛同他聯繫，建立了長期的合作關係。

張勝能買到物美價廉的外國商品，是因為他採用了大幅讓利的手段，外國商品進價比別人要高一個百分點，外國供應商自然願意同他做生意。商品進口後，他又比別人正常銷售的價格壓低至少一個百分點銷售，國內購貨商自然也樂於從他這兒進貨。

這樣一來，這筆生意他從中能賺的錢就極少了，不過醉翁之意不在酒，張勝本來就沒打算從出口生意中賺錢，他需要的只是利用這種方式儘快同盡可能多的國內外生意人建立關係和友誼。當具備這個廣泛的人脈基礎之後，他又採用同樣的方式，以較高的價格從國內收購商品，然後以外國商人朋友有利可圖的實際價格向外出售，但是合同價格卻遠遠高於實際價格，那些外國朋友支付過來的每筆貨款中就有百分之十是他自己的錢，由他打到外國購貨商戶頭，通過這種方式再轉回他的戶頭，這些錢就可以見光了。

當他在這些外國商人中找到一些情投意合、合作關係越來越親密、足以令他信任的朋友時，他就會開始在國外投資，建立外貿公司海外投資機構，投資興建獨資或合資的娛樂場所和其他賺錢的生意，每年的收益如果有百分之五，那麼報回國內總公司的財務報表可能就是百分之二十五。

方才那個加拿大人就是他物色的一個肯「密切合作」的生意夥伴。

張勝離開中餐廳，到來了水療健身池。

這個俱樂部有會員酒吧、圖書室等，宴會設施可容納一兩百人同時用餐或是舉辦雞尾酒會，一般用於商務午餐會、晚宴、新品展示會和簽字儀式等等。康樂設施有室內乒乓球館、保齡球館、壁球館和兩個室內空調網球場；此外，游泳池、衝浪按摩池、水療健身池、健康舞室、小型電影放映廳等設施也一應俱全。

水療健身池在一樓，張勝乘電梯下去時，沿途的服務人員見到他，都停下腳步，恭敬地叫一聲「張先生」。

這裏有五百多名會員，工作人員能準確無誤地叫出他們每一個人的名字，光是這一個細節，就可見經營者的聰慧。當你在這個會所無論走到哪兒，一個陌生的服務人員都能恭敬地叫出你的名字時，會有一種被重視、被照顧到的感覺的。

水療室裏，裘先生坐在池沿上，正在調製雞尾酒。他身材不高，看起來非常結實，作為一個四十出頭的成功商人，他現在只是稍稍有點兒小肚腩，體形保持得非常好。

張勝走進來時，他只是抬頭看了一眼，便又專心調製起來。他面前放著兩個鬱金香形狀的香檳杯，他先在酒杯裏灑上綠薄荷酒和純淨的湯尼水，再在上面加上碎冰堆砌成的冰峰，然後順勢淋上一些烈伏特加，最後劃燃火柴，冰峰上頓時騰起一簇淡藍色的火焰。

張勝走到他身邊，笑吟吟地看著，烈火熊熊燃燒，冰峰慢慢融化，融入綠色的薄荷酒中，清香撲鼻。

裘先生端起酒杯，向張勝示意了一下，張勝也端起一杯，兩人輕輕一碰，抬起頭來一飲而盡。酒很烈，張勝咬著牙，讓那酒力的衝擊慢慢擴散，直到完全適應過來，鼻翼才緩緩放鬆。

裘先生哈哈大笑起來：「這是正宗的喝法，要的就是這股衝勁。來，下來泡泡吧。」「好！」張勝答應一聲，把裘先生的手機、手錶、雪茄盒等等往旁邊推了推，和他一塊兒下了水。

裘老闆那只不起眼的手機，大多數人並不認識，因為它正式上市發售還是明年的事，這是一款諾基亞手機，內含寶石軸承，價值二十多萬，是當時最奢侈的一款手機。

本著只買貴的、不買對的原則，裘大老闆聞風而動，迅速搶進一部在小範圍內試銷售的手機，可惜，因為識者寥寥，除非他自己說明，否則誰也看不出它的珍貴所在，這令裘大老闆頗有種媚眼拋給瞎子看的感覺。

有時，搶風氣之先就是這樣，你想誇富，也得弄一件大家都明白價值所在的東西，否則就白費了一番苦心。幾年後，張勝和裘老闆再度聚首談生意的時候，也拿了一款諾基亞，那是一部十八K白金外殼、鑲嵌六百八十粒總重超過二十一克拉的粉鑽和白鑽的手機。那時候，不需要擺在這麼顯眼的地方，只要俱樂部裏的會員眼尖的掃上一眼，就知道那是一部價值百萬的奢華手機了。

「張老弟，怎麼樣，考慮好了麼？」

張勝洗錢都是主動找能夠合作的人，以抽傭或與對方做生意的方式謀求對方的幫助。裘老闆卻是主動找上門的，裘老闆明著是做商品經貿的，其實卻是開地下錢莊的，這樣的人手眼通天，尤其對黑道上的事，門兒清，耳目之靈通，超過警方百倍。

張勝資金的進出量比較大，同時走的門路本來就是涉及旁門佐道，所以被他聽說了一點風聲，便主動同張勝聯絡，想幫助他洗錢。

地下錢莊洗錢，本來就是洗錢的一種主要方式，而且是最重要的方式，因為地下錢莊的成本非常低廉，容易被人接受。中國內地每年通過地下錢莊「洗」出去的黑錢至少高達兩千億元人民幣，由此可見地下錢莊的厲害。

張勝一直沒有找他們，是因為他也沒有意識到大陸的地下錢莊已經形成這麼大的規模，所以一直向外謀求幫助，卻沒有把掛著某某財務公司招牌、只有幾間設施再普通不過的寫字間的小公司放在眼裏，哪裏知道，那只不過是遮人耳目的幌子而已。

裘老闆瞇起眼笑道：「張老弟，我想……你是沒和我們合作過，對我們的信譽和能力還不放心吧？我們做這一行的見不得光，所以最重視的就是信譽，一旦沒了信譽，我們也就開不下去了。所以，我們對顧客，那是百分百負責。」

「張老弟，我想做你生意，有些事也就不瞞你，實話對你講，我和香港、澳門、台灣的一些地下錢莊都有業務關係，所以你的資金量再大，通過我來流出進入，也絕對安全。我和境外生意夥伴可以採用在境內用人民幣交割，境外用外匯交割的形式來幫你轉移資金，這樣，只是賬務上的流動，根本不需要實際資金輸運的物理過程。你想想看，還有比這更安全的麼？」

張勝想了想，淡淡一笑，把肩膀向他靠了靠，撩著水輕聲道：「裘老闆，我可不是攜款外逃的貪官，錢存在你這兒，出了國再去你的生意夥伴那兒取出來溜之大吉了事。你這麼坦白，我也實話實說，我是要把錢轉回國內，要讓它變成可以見光的錢。」

裘老闆一拍胸脯道：「那沒問題，我名下開著二十多家皮包公司，不就是幹這個的嗎？」

張勝問道：「你的皮包公司……吃得下這麼多？」

裘老闆問道：「你有多少？」

張勝嘿嘿一笑。

裘老闆也狡黠地嘿嘿一笑，不再追問了。

他從上邊台沿上取過手錶，向張勝亮了亮表面，笑問道：「看到了麼，這塊『江詩丹唐』價格二十八萬，我要是替你買二百塊這樣的手錶，然後和香港、澳門、台灣的朋友反覆對敲，對敲十次就是一千塊，對敲一百次就變成了一萬塊，錢要漂白還不容易？國內現在還沒有反洗錢法，這方面監管非常鬆懈，絕對沒有問題。」

張勝聽了頗為心動，他沉吟半晌，微微頷首道：「好，那麼……試試看吧。給我個境外帳戶，明天，我會打進去五百萬美金，你幫我操作一下吧。」

裘老闆聞言大喜，知道這個大客戶終於心動了，這筆錢只是問路石，後邊必然還有大筆生意可做。

他欣然道：「好！張老弟放心，我一定不會讓你失望。來，我再調兩杯酒，咱們喝個痛快。」

張勝一聽連忙擺手苦笑道：「慢慢慢，喝酒就不必了，這酒勁頭太大了。」

裘老闆哈哈大笑：「咱們合作愉快，總要慶祝一番才是。既然不喝酒，那麼就找個女人樂和樂和吧，今兒晚上……」

張勝連連擺手：「女人也不必了。今晚我還有事，要去參加一個慈善拍賣晚會。」

裘老闆眨眨眼，問道：「你說的是在『一見鍾情』拍賣行召開的慈善拍賣晚會吧？呵呵，我也會去的，那就會後咱們一塊兒去樂和。」

張勝詫然道：「你也參加慈善拍賣會？」

裘老闆一臉正氣地道：「當然，這次拍賣收入的百分之五將捐給慈善基金會，救助失學兒童。作為一個社會成功人士，我們負有更多的社會責任，行善不落人後嘛，以最能夠產生正面影響的方法回饋社會，我覺得很有意義。做人，不能做得窮到光剩下錢了，要有正確的價值觀、人生觀、世界觀！」

張勝：「……」

裘老闆說完，立刻又換上一臉淫笑：「老弟，今晚拍賣會後，咱們玩玩去。我知道有個場子，現在有個紅姑娘。」

他啪地打了個響指：「那女人藝名蘇小小，小小便指的是這女人的妙處，腰小、腳小、口小。腰小嘛，自然該大的地方就大啦，哈哈，豐乳肥臀，偏是腰肢纖纖一握。腳小嘛，你見過玲瓏精緻、纖美無比、偏又渾然天成，毫無瑕疵的美足麼？」

張勝：「……」

裘老闆眉飛色舞地道：「我跟你講，這女人不坐台的，只靠熟客輾轉介紹，要想與她共度春宵，還得先行預約，應不應還得由她決定。便是她應承了，那包夜費也是高得離譜，一宿十萬，真是一刻千金。可她越這麼自抬身價，男人越是趨之若鶩，錢還越花越開心，嘿，這女人的手段也算了得。」

他一拍張勝肩膀，笑道：「我去鬆鬆骨，你慢慢泡著，咱們今晚見！」說完嘩啦一聲撥水而起，光著屁股出了池子。

張勝：「……」

張勝駕駛一輛賓士駛向「一見鍾情」拍賣行。

這家拍賣行，是張勝用鍾情的身分註冊成立的一家拍賣行，當然，外人無從知道他與這家拍賣行之間的關係。商品拍賣，拍賣行要從競買方收取百分之五的手續費，而且對拍賣品的來源進行較嚴格的考察，自己開一家，那麼在處理資金和文哥珍藏品的時候就能大開方便之門。

「拍賣，也稱競買，資本主義制度一種買賣方式」，這是一九七九年版本《辭海》中的解釋。

「拍賣，也稱競買，商業中的一種買賣方式，賣方把商品買給出價最高的人」，這是一九八九年版本《辭海》裏的解釋。

如今又是十多年過去了，拍賣行對顧客和經營者來說，已經具備了更多方面的意義。

副駕駛上，坐著洛菲。

張勝看了她一眼，說：「快到中秋了，放你大假，回東北看看父母吧，出來這麼久還沒回去過呢。」

他指指旁邊放的一個檀木盒子，說：「對了，幫我帶點兒東西。」

「什麼呀？」

「你打開看看。」

洛菲依言打開盒子，裏邊是一盒雪茄，煙斗、雪茄剪、打火機，正好一套。這些東西中，光是那個鍍金的專用雪茄剪就得兩萬多塊，這個盒子裏的全部東西加起來一共十多萬。

「送誰的？」

「一位朋友，我叫他文哥，你見了他，也可以這麼叫。」

「哦……」洛菲睨了他一眼，神氣有點兒古怪。

「他住的地方有點特別，在市第一看守所，你記得要在工作時間去探視，我這裏太忙，回不去，替我向文哥問個好。」

「哦……」洛菲又應了一聲，摩挲著晶亮的打火機機身，輕輕歎了口氣。

張勝笑起來，他揉揉洛菲的頭髮，親昵地道：「怎麼了，長吁短歎的。」

洛菲噘起了小嘴，張勝的舉動越來越像她的兄長，不但管這管那的，舉動也不把她當女人看，這讓自認為已是成熟女人的她，自尊心很是受傷。

她整理了一下頭髮，嗔道：「都說了別摸我的頭，討厭！」

張勝哈哈大笑：「這才對，活潑點嘛，老氣橫秋的歎什麼氣？」

「唉……」洛菲又是幽幽一歎，她合上雪茄盒蓋，靠在座椅上，想了片刻忽地一笑：「說真的，我也不知道愁什麼，就是想歎氣。唉……」

張勝瞥了她一眼，笑吟吟地道：「想談戀愛了吧？其實，當初在工作室的時候，我看你和劉斌鴻處得特別好，挺像一對，要不是我這場變故，說不定你們現在已經『牽手』了。」

洛菲白了他一眼：「你哪隻眼睛看見我和他是一對了？」

張勝笑道：「整天形影不離、打情罵俏的，還不是一對？如果時間允許，現在不就是一對了？可惜我沒有他的消息，要不然倒是可以幫你撮合撮合。」

洛菲本想反駁，話到嘴邊忽又咽了下去，她瞟了張勝一眼，似笑非笑地道：「老闆，這事兒呀，您就別操心了，人家已經有未婚夫了。」

「什麼？」張勝大吃一驚：「我怎麼從沒聽你說起過？」

洛菲撥了撥瀏海，若無其事地道：「這有什麼可奇怪的，我是給你打工的，不用連這個都告訴你吧？」

「嘖嘖嘖，保密工作做得真好。你一個人到這邊來工作他放心？準備什麼時候結婚？」

「快了吧，我也不知道耶，等他決定吧。」洛菲聳聳肩，一副無所謂的樣子。

「等他決定？你都沒主見的嗎？總該一塊商量商量吧？」

洛菲道：「有什麼好商量的，我這是父母之命，媒妁之言，自己做不得主的。」

張勝驚訝道：「不是吧？現在都什麼時代了，你還一切由父母作主？」

洛非笑了，笑得很好看，還有點兒狡黠的意味：「我這人很孝順的，父母的話怎敢不聽？看他嘍，他要是不要我，那我就自由戀愛。」

張勝有點兒生氣：「這可是你一輩子的事，怎麼這麼隨意？」

洛菲笑得更開心了，張勝忽然恍然大悟：「你耍我的，是不是？」

「哈哈哈哈……」洛菲抱著肚子，笑得非常開心。

張勝又好氣又好笑，他抽空騰出一隻手，恨恨地洛菲後腦勺上狠狠彈了一下。

「哎喲……」正笑得前仰後合的洛菲一聲慘叫。

這回張勝放聲大笑起來……

第十章

億元拍賣

這一對男女一入場，那氣派就震懾住了眾人。

尤其是那紅衣美女，豔麗得像一朵盛開的玫瑰，

她的三圍玲瓏有致，胸部到臀部真的就像可口可樂瓶的S曲線一樣，

讓你覺得女人的腰似乎天生就是邀請人去握著似的，

尤其它還是款款擺動的，一些人已經流出了口水，有一種咬她一口的衝動。

張勝也在這時霍然回頭，目光凝固在那個人身上。

很久沒有聽到這個人的聲音了，

但是那個人的聲音依舊是那樣熟悉，甚至是終生難忘。

徐海生！他竟然出現在這裏！

今晚的拍賣會是由當地公益部門與「一見鍾情」拍賣行聯合主持召開的，目的是為西北地方失學兒童募捐資金。拍賣物號召當地有頭有臉的上層社會人物自發捐賣，客人有當地名流，也有聞訊趕來的外國商界人士。

富豪們拿出來的當然都是珍藏的寶物，這種場合，正是誇奇鬥富、展示財力的好機會，他們都會拿出自己極為珍貴的珠寶、古玩當場拍賣，有些是珍愛之物不捨得脫手，他們還會自己花錢再競拍回去。如此折騰，自然是為了鬥富，誇耀實力，至於那百分之五的手續費，對他們來說不過是九牛一毛，捐出點錢，換個好名聲，對他們來說是件好事。

此次趕來拍賣和競買的社會名流非常之多，濟濟一堂。許多社會名流都是張勝認得的，只見張勝西裝革履，帥氣非凡，是這些大腹便便的超級富豪中極醒目的一位。洛菲還是一身中性服裝，清水掛麵，不塗脂粉，梳個馬尾，就像個剛上初三的小女生。

她站在張勝的身邊，如果不是張勝太年輕，簡直會被人當成他的女兒。不少富豪見張勝總是形影不離地帶著這個同那些花枝招展的女人比起來顯得太過青澀的小丫頭，都會惡意地猜測他是喜歡幼齒的。

洛菲瓜子臉、尖下巴，身材還沒發育開，比許多營養過剩、剛上高中就發育完全的女生顯得還要小，也確實像個小蘿莉，這都是她以前過於挑食造成的，實在怪不得別人。

裘老闆和張勝並肩坐著，今天帶女伴的富豪極多，他身邊也帶了一位，還是小有名氣的演藝明星。姿容嫵媚，身材惹火，晚禮服裏飽滿的酥胸擠出一道深深的誘人乳溝，稍一動作裏邊便彈跳不已，看來極是惹眼。

裘老闆甫一坐下，便向自己的女人遞個眼色，那女演員是個八面玲瓏的人物，雖然目高於頂，一比胸脯和臉蛋，便自覺比洛菲高上一籌，得了老闆示意，還是馬上放下身段，湊過去與她親親熱熱地攀談起來。

裘老闆趁機和張勝坐到一塊兒，兩人輕聲交談了一番合作內容，便把話題轉向了今晚的拍賣。

「張先生，我今晚帶來一塊團龍玉佩準備拍賣的，那可是好東西。你看戲裏頭，當皇帝的派個親信的欽差去地方，有時候會解下隨身玉佩給他當信物，『見珮如見朕』，嘿！就是這個玩意兒了，上邊雕著一條團龍，那可是只有皇上才能佩戴的。我這塊珮是明朝中葉的，對了，你帶來什麼好東西呀？」

張勝神秘地笑笑：「我帶來的東西，年頭也都不少了，是我前不久剛淘弄來的寶貝，一會兒你就會見到了。」

這時，一個穿著一襲淺色淺花旗袍，身段極是妖嬈的女人挽著一個一套白西裝的英俊青年從他們面前走過，在不遠處落座。看那白西裝青年，比這風情萬種的旗袍少婦似乎還要小著兩歲。

裘老闆在那女人流暢起伏的身體曲線上掃了兩眼，最後瞄著旗袍縫內豐腴修長的大腿笑道：「今天這拍賣會，真是三教九流粉墨登場啊，連墨小姐也來了。」

張勝看了那女人幾眼，那女人的確很美，尤其那種成熟動人的風韻，絕對是一個哪怕比她還要漂亮三分的年輕女孩也表現不出的味道。

「墨小姐？她是什麼人？」

「她叫墨妍，以前是個賣的，很有名氣。深圳這地方一夜暴富的人多，這些人捨得花錢，墨小姐做了兩年就賺了上千萬，然後投進了股市。這女人眼光獨到，很有天賦，在股市混了兩年，賺了幾番，便果斷退出股市，投資建了幾家裝潢裝修公司，還有一家風水公司，沒想到這女人做生意也有一套，現在她的資產該已過億了。」

「於是她也躋身上流社會，成了社會名媛了。那個小白臉，和我上次在舞會上見到的不同，應該是才姘上不久。以前是男人玩她，現在她玩男人，嘿，什麼上流下流，全是錢堆的……」

張勝聽了，又看了那少婦一眼，美麗雍容，氣質不俗，實在看不出曾經墮落風塵的模樣。

賓客越來越多，拍賣會開始了。

首先主辦雙方代表上台發表了熱情洋溢的講話，然後就開始正式拍賣。每件拍賣品，他們都會詳細介紹這件東西的來歷、價值和鑒定結果，以及它現在的擁有者。

首先是一幅宋代的《寒江獨釣圖》，起價五十萬，很快就喊到了兩百二十萬，最後被洪老闆購得。

隨後是一件新石器時代的良渚文化玉器、一對明代花瓶，也被洪老闆購得。

拍賣氣氛因之立即升溫，洪老闆一時也成了眾人關注的角色。

張勝在俱樂部和洪老闆有過幾面之緣，知道這人小學文化，字都識不全，不禁低笑道：「洪老闆對古玩字畫那是麵杖吹火——一竅不通，想不到卻有收藏癖，出手不凡，果然是財大氣粗啊。」

他本來是揶揄洪老闆花了大把的銀子附庸風雅，裘老闆聽了笑道：「張先生若是以為洪老闆踴躍競拍是附庸風雅那就錯了。你別看他胸無點墨，這個人狡猾得很呢，這其中大有奧妙。」

張勝來了興致，問道：「此話怎講？」

裘老闆道：

「這幾件古玩字畫，都是他自己的，你以為他捐出來，又高價拍回去，只是為了誇富鬥狠麼？那可大錯特錯了，他素有嗜好收藏的名聲，可是他既不懂字畫古玩，又怎麼捨得花大把鈔票在這上面？裏邊名堂大著呢。」

「這些字畫古玩都是他自己從民間淘弄的，東西是真東西，價值卻未必有這麼高，但他偏要把它炒高。你看剛才跟他競拍的，價格提到一百五十萬以上之後，競拍的都是些生面孔，那可不是外地客，而是他安排的托兒，他們幫著洪老闆拚命往上抬價，然後自己再買回去。」

「買回去做什麼呢？就為了在那競拍證書上標上它最後的競拍價。有了這價格，如果有冤大頭想買，那就得按這價或者比這價還得高才成。要是沒人買呢？那也沒關係，可以送銀行啊，抵頂欠銀行的貸款，抵頂數額自然是寫進證書的競拍價格。」

張勝這才恍然大悟，一場拍賣會，原來也有如此多的玄機。有人為了名，有人為了利，鉤心鬥角的事真是無處不在。其實，自己又何嘗不是如此，今天這場拍賣會，原本就是在他暗中推動下促成的。想到這裏，張勝嘴角露出一絲若有若無的笑容。

「諸位，諸位，諸位請注意，下面將要拍賣的是……」

由於今天的義賣氣氛火爆，各種拍賣品成交價都非常高，拍賣師也興奮起來，提高嗓門介紹道：「下面要拍賣的，是四件國寶級的文物，四件全部是國寶級的文物！」

全場一下子肅靜下來，畢竟珍稀文物他們見得多了，但是國寶級的文物，那可不是人人有緣見得到的了，今天居然有國寶級文物拍賣？這是誰的珍藏？

拍賣師興奮得滿面紅光，向台下示意道：

「這四件國寶，全部是張勝先生捐賣的。現在，我們有請張勝先生，請張先生現場講一下發現這四件國寶的經過。」

張勝微微一笑，扯了扯衣襟，起身向台上走去。

如今張勝鋒芒畢露，本地的富豪大多知道他這麼一號人物，大家都好奇地看著這位縱橫股市的新晉貴人，洛菲本來正跟那個女演員討論著化妝品，忽然聽到張勝捐賣四件國寶級文物，也不禁狐疑地看著張勝，事先她對此事可是一無所知。

「各位，晚上好。」

張勝一上台便彬彬有禮地向大家打招呼，落落大方地道：

「這四件古玩文物的名字和藝術價值，我就不介紹了，一會兒拍賣師會詳細介紹給大家，而我本人對此，其實並不精通，不過是附庸風雅兼善於投機罷了。」

這番自嘲的開場白，引起台下一片善意的笑聲。

張勝繼續道：「這四件東西的發現，純屬偶然。前些日子，我去了一趟德國，在那裏的舊物市場無意間發現一樣東西，那是一柄中國古劍，劍上還刻有篆書，我就順口問了一下來歷，那個德國人也不懂，只說這東西在他家裏已經很久了，比他的祖父還要久，所以拿出來出售。」

「我想，在德國人的舊物市場，就算有人造假，也不會用遙遠的東方國度的東西來製造假古玩，那裏的東方人並不多，他能賣給誰呢？這東西十有八九是件真品，所以我就和他砍價，最後以四百馬克的價格買下了那柄劍。」

他說到這兒，台下已是一陣轟然，因為拍賣師剛剛已經說過，要拍賣的壓軸古玩是四件國寶級的文物，他們聽到這裏，已經知道這柄劍必定是貨真價實的寶物，而張勝只不過花了四百馬克，實在令他們又嫉又羨，還有種莫名的興奮，急於聽他揭開這劍的來歷。

張勝笑道：「那個德國人見我如此大方地買下了一塊『廢鐵』……」

台下又是一片笑聲。

「於是，他向我介紹說，他還有幾件東方的東西，問我有沒有興趣。我答應了，他便興沖沖地帶我去他家裏看。他的住處非常陳舊，是一座破落的古老建築，在他的家裏，我見到了一副中國畫、一隻銅壺、還有一件……是當初用來包裹這幅畫、銅壺和古劍的包袱皮——一幅繡著龍的東方織錦。」

台下鴉雀無聲，洛菲拿一雙漂亮的大眼睛瞪他：

「老爸什麼都算到了，就是沒算到這個傢伙只認識真金白銀，對古玩字畫根本不感興趣。我看用不了兩年，老爸辛苦半輩子搜羅來的這些古玩字畫，就得被這個大混蛋敗光了……」

大家屏住呼吸，等著聽張勝揭開那傳奇的一刻，他卻突然像西方人似的聳聳肩，雙手一攤，說：

「沒了，我又花了兩千馬克，買下了那幅畫、那只壺，還有他爺爺的爺爺當年用來包這幾樣東西的包袱皮，然後就回國了。」

「各位，」一拍賣師適時接過了張勝的話題，讓那些被張勝帶進坑裏，大腦一片空白的聽客們恢復了神志。

「張勝先生無心栽柳，卻把四件國寶帶回了我們的祖國啊。有識貨的朋友，在張先生家裏見到了這四件古物，建議他找專家鑒定一下，結果是驚天動地。下面，我就來隆重介紹一下這四件國寶級的珍貴文物！第一件，宋徽宗的《桃枝黃鶯圖》。」

這句話如石破天驚，「轟」地一聲，台下訝聲四起，那幅畫終於被揭開真面目了，居然是宋徽宗的真跡。

「諸位，這幅宋徽宗的《桃枝黃鶯圖》，經專家考證鑒定，是宋徽宗中後期所做，確屬真品。」

隨著介紹，兩個仕女打扮的女孩走上台，從桌上拿起一卷畫，徐徐展開，面向觀眾，同時投影儀在大螢幕上也投射出了巨幅圖片。

「畫的內容是翠竹、桃花和三隻半黃鶯，所題款識是宋徽宗著名的『瘦金體』，全畫卷長一百六十釐米，寬三十釐米……這幅畫的起拍價是……一千五百萬！」

「一千六百萬！」

「一千七百萬！」

這幅畫的價格節節攀升，最後被一個來本地洽談生意的加拿大人以二千五百萬的價格競拍下。

裘老闆捏著下巴，眼珠子滴溜溜亂轉：

「這個加拿大人是他的朋友，以這麼高的價格買下這幅畫，只是巧合嗎？他不會打著和洪老闆一樣的心思吧。」

張勝已回到台下，當他的加拿大朋友大衛先生拍下這幅畫時，他臉上露出了得意的一笑。

又是二千五百萬可以堂而皇之地劃進他的帳戶了，而且，這件藏品……還是他的，不，還是周氏家族的。文哥的這四件藏品外界並不知道，因此很容易找個由頭讓它重見天日。

這是今天晚上所有拍賣品中競價最高的一件古玩，大家的興致都被調動起來，拍賣師趁熱打鐵，拍賣第二件文物——春秋四羊銅方壺。這只壺造型優美，裝飾華麗，銘文典雅，鑄造精巧，壺的厚度僅為一點五毫米，實為不可多得的古代文物。

此時，大多數人已經猜到這四件文物的來歷和圓明園那場大火想必有莫大的關係。他們可以想像，一夥明火執仗的強盜，衝進這偉大的東方奇蹟所在，燒殺搶掠，搜刮珍寶。其中一個強盜隨意扯過一件皇室專用的織錦，然後把搶來的東西放進去，背著它漂洋過海，回到他的故鄉……

春秋四羊銅方壺以二千二百萬的價格成交，隨後是那塊帶龍案的織錦，那是一塊龍錦，展開近四平方米，是清朝皇帝臨朝儀仗中的帷帳，置於皇帝寶座之後。

拍賣師道：「這幅龍錦繡的是一條正面龍，採用的刺繡手法是京繡中的滿繡，全部為手工織成。織錦上有十個字，分別藏在角後，繡的是『內府織造』和『良記本機緯緞』，起拍價是……」

這幅龍錦也被高價拍出，最高競價者仍是張勝安排的人。東西是他的，出錢的還是他，除了一份手續費，他沒有其他付出，一聽是他的藏品，他又參加競拍，誰敢和他拼價。

這時前三件寶物都有了得主，大家的注意力全都集中在最後一件，也是促使張勝幸運地發現這幾件國寶的那柄古劍上。

拍賣師解說道：

「這柄劍長五十八釐米，劍身呈暗褐色，鑄劍風格是春秋時吳越一帶的特點，劍鋒鋒利，吹毛斷髮，是一件極鋒利的兵器，劍身至今不鏽。劍體上嵌有兩行篆體的字，字是錯金鑲嵌技術用金絲鑲成的，那兩行字是『越王勾踐，自作用劍』。」

台下頓時一陣騷動，許多人交頭接耳，疑聲頓起。國家博物館裏可是藏著一柄越王劍的，怎麼又有一柄越王劍？

拍賣師道：「古代帝王的佩劍，一向不止一把，但是每一柄都是人間珍奇之物。這柄劍經專家認真鑒定，年代相符，應該是越王勾踐的另一柄佩劍。這把錯金劍劍身精美，內嵌金絲，花紋細膩，收藏價值還在一九六五年湖北江陵出土的那柄越王劍之上，起價三千萬元！」

這支越王錯金劍是今晚最後一件寶物，價格被叫得很高，有心問鼎的人也很多，但是張勝安排的羅先生把價格喊到五千萬時，跟者漸漸稀少起來。

價格喊到五千八百萬時，已經沒有人同他競爭了。

拍賣師舉槌道：「十五號，五千八百萬一次！十五號，五千八百萬兩次！十五號……」

「六千萬！」一個清朗的聲音突然響了起來。

「這位先生……六千萬……」

「六千一百萬！」羅先生趕緊喊了一聲，同時扭頭向後看，不知道是誰有這麼大的手筆。

「六千五百萬！」

「二十九號先生，六千五百萬！」拍賣師趕緊喊道。

一個身穿英國皇家御用品牌巴寶麗米色風衣的中年男子從座位上站起來，扔掉手中的號牌，整理了一下衣衫，風度翩翩地向前台走來，旁邊一個穿著紅色晚禮服的美麗女孩巧笑嫣然地站起來，很自然地挽著他的胳膊。

那個中年男子身材高，容貌俊，極具成熟男性的魅力。他微笑著前行，風度翩翩，目不斜視；挽著他胳膊的女孩兒甜笑著，似乎也沒有左顧右盼，可她那雙寶石般的眸子熠熠生輝，所有望向她的男人都覺得她似乎瞟了自己一眼。

這一對男女一入場，那氣派就震懾住了眾人。尤其是那紅衣美女，豔麗得像一朵盛開的玫瑰，她的三圍玲瓏有致，胸部到臀部真的就像可口可樂瓶的S曲線一樣，讓你覺得女人的腰似乎天生就是邀請人去握著似的，尤其它還是款款擺動的，一些人已經流出了口水，有一種咬她一口的衝動。

張勝也在這時霍然回頭，目光凝固在那個人身上。

很久沒有聽到這個人的聲音了，但是那個人的聲音依舊是那樣熟悉，甚至是終生難忘。

徐海生！他竟然出現在這裏！

「六……六千六百萬！」羅先生望著這個半路殺出的程咬金，有些不知所措了。

「六千九百萬！」徐海生語氣淡定，卻充滿自信。

「七千萬！」張勝經過短暫的震驚，一笑而起。

「七千一百萬！」徐海生也笑了，一邊喊價，一邊向張勝走來。

兩個人面帶微笑，對面而立，眼睛眨都不眨，眼中隱隱泛閃，似有刀劍之光。

裘老闆察覺有些不對勁兒，慢慢站了起來。洛菲也走到張勝身邊，看看張勝，又看看徐海生。

「八千萬！」張勝加重了語氣。

「一億！」徐海生也加重了語氣。

會場快要瘋狂了，沒有人大聲喧嘩，可是一股無聲的氣浪卻清晰可辨地波蕩全場。

「一億元，一次！」

拍賣師嘶聲吶喊：「一億元，兩次！」

「恭喜你！」張勝忽然笑了，他滿面春風地走上去，一把握住徐海生的手，親切地搖了搖。

徐海生愣了愣，忽然也笑了，他從唐小愛臂彎裏抽回另一隻手，搭在張勝的兩隻手上，微笑道：「恭喜你。」

「徐哥，我喜從何來啊？」

「東山再起，死而復生，還不是一喜嗎？」

「一億元，三次，成交！」拍賣師一錘子砸下去，幾乎把錘柄砸斷。

「呵呵，算是一喜吧，徐哥得此越王劍，也是一樁大喜事，恭喜，恭喜。」

「哈哈哈……」兩個人都放聲大笑起來，狀極歡暢，看不出一點劍拔弩張的氣勢。

洛菲暗暗放下心來，裘老闆陪笑道：「張先生，這位是……」

「哦，我來介紹一下，這位是上海徐氏投資的徐海生徐大老闆。」

徐海生的名頭，裘老闆在深圳也是聽說過的，一聽是他聳然動容，連忙伸手道：「原來是徐先生，久仰，久仰。」

徐海生看都沒看他一眼，笑對張勝道：

「老弟真是奇人吶，三起三落，始終不倒！說實話，我是真沒想到你還有今天。當初，你可真是慘吶，我以為你在羅大炮的追殺之下早已曝屍荒野，餵了野狗。偶爾想起，還為你一掬同情之淚呢，想不到你在這兒卻是風光無限。」

裘老闆被徐海生如此冷落，心中暗自恚怒，只不過他是主動逢迎的，拿熱臉貼了人家的冷屁股也是咎由自取，不好翻臉相向，這時一聽二人對話挾槍帶棒的根本不像是朋友，這才察覺其中別有隱情。

張勝面不改色地笑道：

「起起落落，本就是人生常事。有人說，當過兵、下過獄、離過婚的男人才是真正的男人，話雖然有點偏激，其實也不無道理。男人要愈挫愈勇，不折不回，經過挫折磨礪，才能真正成熟、堅強、強大起來。」

「話說當年劉邦曾被人追得如喪家之犬，當年太祖受排擠的時候常常鬧便秘，鄧大人倒楣的時候差點兒被餓死，這些大人物就不說了，便是如今黑道上耀武揚威的大佬們，也有被人拿槍口指著腦殼裝孫子的時候。問題是你能笑到最後嗎？誰能笑到最後，誰才是勝利者。新兵剛上戰場嚇得尿褲子，不算丟人，挺過一場戰鬥，他照樣敢滾地雷堵槍眼，你說是嗎？」

徐海生目光一寒，面泛冷笑。

張勝目光一閃，問道：「徐哥，怎麼大老遠的從上海灘過來了？你是無利不起早的人，莫不是早早聽說這兒有一柄稀世古劍出現，所以志在必得？」

徐海生眉毛跳了跳，故作輕鬆地哈哈一笑，拍拍唐小愛的嫩手，說道：「哪裏，哪裏，我來深圳，只是考察一下這裏的市場，準備在這裏建一家投資分公司。過兩天事情有了眉目，便和我的女友唐小愛小姐去香港轉轉，然後去歐洲旅遊，放鬆一下。」

張勝看了眼徐海生那位美麗的女伴，禮貌地點點頭：「您好。」

他已經不認得這個女孩了，唐小愛的變化挺大，高挑的身段兒略有豐腴，膚質更加細嫩，顯出幾分雍容貴氣。伴隨徐海生左右，苦苦訓練儀態舉止的結果是舉手投足都透著優雅高貴的勁兒，她現在已經脫胎換骨，成為上流社會的交際名媛了。

徐海生說到這兒，目光一轉，看了洛菲一眼，好像才發現她似的，訝然道：

「這位清新脫俗的小姐是……方才我還以為是鍾情，可以在這兒見到兩位故人呢，張老弟不向我介紹一下你的女伴？」

張勝聽他語帶揶揄，有點兒幸災樂禍，顯然並不清楚鍾情的下落，還以為自己喜新厭舊，見異思遷了，心中頓時一寬，他也不辯解，便拉過洛菲，介紹道：

「這是我的女伴洛菲小姐。洛菲，這位是徐氏投資的總裁徐海生先生和……」

唐小愛主動伸出手：「唐小愛！」

「唐小姐，您好。」洛菲不卑不亢地和她握了握手。

唐小愛一笑百媚，忽然用一種陌生的外國語言說了句話，洛菲馬上回答了幾句，語言與她酷似，顯然兩人說的是同一種語言，張勝沒聽懂，有些莫名其妙。

唐小愛聽了洛菲的話，神色有些尷尬，嘴唇嚅動了一下，勉強笑了笑，訕訕地鬆了手。

徐海生精通日語，略曉英語，但是兩人的對話他也沒聽明白，這時不好當面問起，便只做未見，拉著張勝到一邊坐下，儼然一對多年好友似的繼續寒暄。

徐海生這次來到深圳，的確是想在這裏開一家分部。即便沒有張勝在這裏，他也不會放過這片遍地黃金的土地，何況張勝近來的發展實在有點兒可怕，他從不後悔過去，既然已經成了對手，他唯一想做的就是消滅對手，所以，他來了。

這次參加慈善拍賣晚會倒的確是臨時起意，事先他並未想到能碰上張勝，今晚見到他在拍賣自己珍藏的寶物，徐海生才突然出面競拍這柄古劍，折折張勝的銳氣，讓他見識一下自己的實力。

這劍是張勝的，他一定不怕叫價，因為不管出價多少，他是自己付給自己。徐海生估計張勝激於意氣，必會和他爭個高下，到時拍下個前無古人的高價便認輸，不用掏一分錢，便為自己在深圳打響了知名度。

想不到，一向寧折不彎的張勝也變得油滑了，居然不與他爭風，打響知名度的目的雖然達到了，卻掏出了一個億。這劍說是無價之寶，問題是真要出售，又有多少人肯出價一億元去買？這個啞巴虧算是吃定了。

拍賣會圓滿結束了，拍賣行請徐海生去辦交接手續，徐海生順勢起身，一語雙關地道：「老弟，不用多久，我就會在深圳擁有一席之地。你我相交已交，故人情深，到時還請多多關照。」

張勝也起身，和他握了握手：「不勞大哥吩咐，那是一定的。」

兩個人相視一笑，殺氣頓起，一切盡在不言之中。

開著車走在路上，張勝一副若有所思的模樣，過了一會兒，忽然問道：「對了，你和那個唐小愛說的什麼？」

「她用法語說『小姐，你很漂亮』，我說『您才是真的漂亮，和您的先生般配得很吶！我可沒有讓男人見了神魂顛倒的漂亮臉蛋，也沒有讓男人念念不忘的性感身材』。」

「哦？她又說什麼？」

洛菲吃吃地笑：「她呀，大概是要去法國旅行，所以學了這麼一句客套話，我的話她好像根本沒聽懂。」

張勝聞言大笑，隨即好奇地看了她一眼：「你……懂法語？」

洛菲眨眨眼，狡黠地道：「懂得不多，就這一句，從電影裏學來的台詞兒，不過足夠鎮住她了。」

張勝再次開懷大笑，他親昵地揉揉洛菲的頭髮，哈哈笑道：

「不要自卑，雖然和她比起來，你既沒臉蛋，又沒身材，不過，我覺得你比她可愛一百倍。」

「討厭啦！」洛菲趕緊整理頭髮：「又摸人家的頭，人家真的一點兒女人味都沒有嗎？」

「你本來就是可愛型的女孩子嘛，要什麼女人味兒？想學人家性感呀，先吃胖點再說吧。」

「切，你喜歡看胖女人？」

張勝詭笑起來：「起碼也得該胖的地方胖才行呀，瞧瞧你那身材，像豆芽菜似的。」

「你……」洛菲氣結，噘起嘴不理他了。

她不說話，張勝也不說，悶著頭趕路，過了一陣兒，洛菲又忍不住了：「裘老闆鬼鬼祟祟地約你出去，一定沒安好心，十有八九是去找女人，你怎麼不去呀？」

「還不是因為你？」張勝嗔怪地瞪了她一眼。

洛菲吃吃地道：「怎麼……怎麼因為我了？」

她問著，已渾身不自在起來，臉蛋兒上也悄然塗抹上一層淡淡的紅暈，好在光線黯淡，看不清楚。

「我總不能帶著你這個電燈泡去吧，我去了，誰送你回家？讓你一個人走，這麼晚了又不安全。」

洛菲鬆了口氣，輕鬆之餘又隱隱有些失望和空虛：「真的？就這原因？」

「真的，雖說你吧，長得像根豆芽菜似的，可那小模樣還挺撩人的，尤其那雙眼睛，特別漂亮。這黑燈瞎火的，萬一出租司機見色起意，把你禍害了，我找誰哭去？」

「你……哼哼。」洛菲很不服氣的樣子，心裏卻忽然感到一陣暖意，那種被人重視和關愛的感覺很舒服、很舒服。

張勝開著車，忽然笑起來，越笑聲音越大，洛菲好奇地問：「什麼事這麼好笑？」

張勝笑道：「我忽然想起一笑話，說有一個小女生，晚上一個人走夜路，突然跳出一個流氓，從後邊抱住她，想要非禮她。她嚇得正要大喊救命，那個男人突然罵了一句話，轉身便走了。這個女孩子站在那兒，氣得半死。」

洛菲奇道：「她不趕快跑，站在那兒生什麼氣，那流氓說什麼了？」

張勝不懷好意地瞟著她的胸脯，嘿嘿笑道：「那流氓說，『他媽的，真倒楣，怎麼是個男的！』」

「呵呵……」洛菲聽明白了這句話的意思，忍不住捂住嘴笑起來，可她剛笑了幾聲，忽然發現張勝的目光，頓時又羞又惱：「你……你是嘲笑我沒……是不是？」

「沒有啊，沒有啊，」張勝很無辜地道，「我在講笑話而已。」

洛菲恨得牙癢癢的，只是張勝在開車，她可不敢跟他打鬧。

車子突然嘎的一聲停下了，洛菲白了他一眼道：「幹什麼？還沒到呢。」

「哎，你看那兒。」張勝興致勃勃地往車外指，洛菲抬頭一看，只見兩個穿著風衣的高挑長髮美女正自路邊姍姍而過，那細腰長腿，的確是一道美麗的風景，不禁沒好氣地道：「要看美女你就看你的，要是想讓人家搭順風車，還可以叫上來，讓我看什麼？」

「啪」，她剛說完，又挨了個蹦，張勝好笑地道：

「胡思亂想什麼呢，你看，燒烤攤子。哈哈，路邊燒烤，平時還真看不著，走走，咱們下去吃肉串去。」

兩個人下了車，就在路邊樹蔭下，要了一瓶啤酒，一盤子冒油的烤肉串和脆骨，吃得興高采烈。

「多沾點辣椒和孜然，這肉串口味淡了不香。」張勝一邊吃，一邊興致勃勃地指點，「來，喝啤酒，吃烤串喝啤酒，那是最佳搭配。」

洛菲一邊小口地、很淑女地咬著肉串，一邊偷偷拿眼看他：這傢伙現在身家何止億萬，走到哪兒，憑他的財富都會引來最名貴的菜肴、最動人的笑容、最美麗的身體、最周到的服務。可他沒有變，還是那個坦誠直率、熱情質樸的青年。

今晚的情景，一如那晚的邀請，只是因為突然起意，所以顯得更加隨意而浪漫。

人生苦多歡樂少，意氣風發在少年。他現在正是意氣風發時，是他生命旅途最多姿多彩的時候，因之人便也充滿了魅力。洛菲看著他，目光漸漸柔和起來，柔若天邊的星星……

兩人消滅了三四十串烤肉，喝光了一瓶啤酒，這才心滿意足地坐回車子，繼續向園山風景區駛去。

車子駛進車庫，兩人下了車。車庫裏還停著三台車，這三台百萬名車全部產自義大利，是義大利素有「二王一后」之稱的法拉利、藍寶堅尼和瑪莎拉蒂。

張勝只在星期天休息的時候，會開著其中的一輛出去兜兜風。平時三輛車讓人擦拭得乾乾淨淨，打上蠟之後滑得連蚊子都站不住腳，卻從不動用。別人只道這位新晉富豪有收藏名車之癖，殊不知張勝買這三輛車，就是為了「二王一后」這句話去的。

他給鍾情打電話時說過他有些孩子氣的想法，他深情地說：

「這輩子有你，是我幾世修來的福氣。你的車技比我好，法拉利、藍寶堅尼，我為你各準備一輛。放心吧，我不能給你一個名分，但是我一定想辦法讓你和我住在一起，我們差的，只是一個名分。」

停好車，兩個人步入別墅，別墅一樓是客廳和僕人房。

張勝別墅的裝修風格是一種貼心而不張揚的奢華：客廳裏一整面牆是用金鉑裝飾成的一幅「絕頂青松圖」，寓意會當凌絕頂，一覽眾山小；沙發和傢俱全部是木藝、布藝風格，儘量採用原色，顯得素雅而溫暖；二樓是書房、會客室、客房，還有兩個套間臥房，分別在樓梯兩側，張勝和洛菲各自擁有一間。

張勝的臥室有一張豪華大床，房屋空間不是很大，張勝不喜歡在一間巨大的臥室裏擺一張空蕩蕩的床。休息空間過大，他會覺得很冷清、無所依靠，這種私密空間還是佈置得能夠讓人的心理感覺安穩、舒適為宜。

臥室的牆壁上貼著真絲布，掛著幾幅暖色調的油畫。豪華舒適的義大利水床，床頭用一根百年榆木瘤做床頭飾柱，上邊是製作時摻入金粉的威尼斯水晶燈具，旁邊是整張馬駒皮手工縫製的茶几，舒適而不張揚。

這一切令張勝讚不絕口的設計風格，出自洛菲的手筆，當然，張勝並不知情，他只知道裝修時洛菲向裝修公司提過建議而已，卻不知道洛菲假傳聖旨，以他的名義要求裝修公司如此佈置。

張勝回到房間，稍事休息便下了樓，拐去了羅先生的別墅。兩套別墅是挨著的，到了羅先生住處，進入一樓大廳，張勝打開壁畫，按下密碼，進入了那間股票證券的秘密操控室。

房間裏有幾個人，包括羅先生，正在各自的電腦前聚精會神地研究著什麼，一見張勝進來，他們站起來和他打了個招呼。羅先生迎上來說道：「你回來了？我聽說，有一件收藏品真的出手了？」

張勝笑道：「嗯，那把越王劍，他出價一個億，我還不賣？」

羅先生也笑了，張勝和徐海生之間的恩怨他是知道的，所以不用張勝吩咐，他已主動說道：

「我已經叫人盯著他了。他這次南下，的確還要去香港和歐洲。他特意在深圳逗留，我看一半原因是為了生意，另一半原因很有可能就是衝著你來的。不知道他又要玩什麼花樣，從明天起，你出入還是帶著保鏢吧。」

張勝笑道：「不用這麼小心。千金之子，坐不垂堂。如今的徐海生多大的家業，他會冒那個險嗎？他要對付我，也只會在資本市場上和我較量，密切注意他的資金投向。」

「還有，讓那兩位投資專家繼續向他建議，讓他的投資規模繼續擴大，投資方向越多，投資規模越大，他的資金鏈條就會越拉越長，斷裂的風險也就越大。如果一百個億還不夠他玩，就建議他股票質貸，徐海生這個人野心很大，而且極具冒險精神，他是肯下注的。」

張勝聽說徐海生欲遷往上海時，就在上海方面預先做了安排，等到徐海生到了上海，開始招兵買馬的時候，就安排了兩大高手投奔他。為了取信於他，還像投奔水泊梁山似的，獻了投名狀：幫他打敗幾個競爭對手，賺上幾筆大錢。

張勝這一手，是徐海生曾經對他玩過的，現在不過是以彼之道還施彼之身罷了。

羅先生點頭道：「好，我會通知他們的。」

「嗯，殺人三千，自損八百。他擁有的力量不容小覷，盡可能地做好這些準備，一旦較量起來，我們才能以最小的代價置其於死地。」

「我明白。」

張勝微微一笑，走向另一個人，正在分析當天期貨市場走勢的周唯智，這也是他智囊團的一個成員。

「怎麼樣，周哥，鄭州那邊有消息了麼？」

周唯智啪啪啪地敲擊了幾下鍵盤，調出幾幅走勢圖，指點著說：

「張先生，老姚還沒有消息傳回來，我這幾天著重觀察了一下鄭州期貨市場的行情走勢，發現他們的操盤手法非常落後，水準有限得很。我對幾支主力機構的背景也進行了一番調查，他們當地這幾支主力都是有國企業背景的機構，外地主力還沒有涉足過鄭州的期貨，都是一些當地人自己炒作，買空賣空的很熱鬧，因為沒吃過虧，看起來還沒有什麼風險意識。」

「嗯。」張勝點了點頭，「這樣的話，倒是可以做他一票。不過，他們的機構畢竟都是有國有企業背景的，靠山都強大得很，要是讓他們反應過來，有了準備，我們能投入鄭州市場的錢畢竟有限，那就成了一場苦仗了。所以必須充分準備，出其不意地打一場閃電戰，劫一票就閃人，不可久留。」

周唯智笑道：「明白，我一邊觀察，一邊根據當地機構的操作手法特點，擬定了一個詳細的操作計畫，現在就等咱們派去考察的人傳回消息，就可以部署行動了。」

他正說著，身邊那部紅色電話機的鈴聲響了，周唯智拿起電話，裏邊傳來一個響亮的聲音：「喂！」

周唯智一聽他的聲音，便喜道：「老姚？你終於回信了，考察結果怎麼樣？」

電話裏那個中氣十足的聲音笑道：「我在這兒潛心觀察了三天啊，哈哈，最後就總結出七個字。」

張勝一把搶過電話，笑道：「老姚，少玩花樣，快點兒說，看出什麼門道兒來了。」

「哎喲，張先生，這麼晚您還沒睡吶？我對他們當地炒家仔細觀察了三天，結論是『錢多、人傻、好對付』。」

張勝哈哈笑道：「夠簡練，行，那我馬上開始部署，下週一開始建倉！」

此時，徐海生坐在他的豪華套房內，正在端詳手裏那柄古劍，這柄劍，比同等重量的白金還要貴上千百倍啊！徐海生想到這裏，苦笑一聲：

「張勝這小子，變得油滑了。他不容易衝動，恐怕就不是那麼好對付了。」

「親愛的，你還不睡嗎？」唐小愛穿著一襲性感的真絲睡衣，站在臥房門口，千嬌百媚地喚他。

徐海生笑了，他把寶劍放回匣內，鎖進保險櫃，剛剛拉開睡袍帶子，電話響了起來，徐海生拿起聽了片刻，哈哈地笑起來：

「果然如我所料，那裏油水很足啊。這幫土包子坐井觀天，沒見過世面。按既定計劃辦吧，下週一進駐鄭州期貨市場，建倉掃貨，他們不是做空嗎？那我們就做多。慎重起見，在現貨上也得注意一下，那裏是產區，現在又是收成的時候，要用分散的戶頭大量買進現貨，以免發生意外。」

「嗯，好，我這幾天會在深圳，有消息隨時彙報，日常操作由你負責，攤子鋪得太大，需要錢吶，這票買賣做好，我們手頭就能寬裕一些了。對！要打閃電戰，他們都是有國企背景的機構，背後都有強大的靠山，咱們家大業大，資金分流得厲害，能夠抽調的資金有限，務必要打閃電戰，畢全功於一役，賺他一票就走人。」

徐海生放下電話，因為被張勝坑了一把的鬱悶心情愉悅起來，他一直在尋找著賺錢機會，經過對各地市場的分析研究，很快就發現鄭州期貨是隻肥羊，好好運作一番，能從那裏賺到巨額收益，於是立即派員赴當地考察，研究投機的可行性，現在終於可以開始行動了。

徐海生梳理梳理頭髮，任那真絲睡衣飄然滑落地上，赤著身子昂然向內室走去，胸腑間，頗有一種運籌帷幄、決勝千里的得意……

請續看《獵財筆記》之八 大浪淘沙（完結篇）

獵財筆記 之七 億元之搏

作者：月關
發行人：陳曉林
出版所：風雲時代出版股份有限公司
地址：105台北市民生東路五段178號7樓之3
風雲書網：http://www.eastbooks.com.tw
官方部落格：http://eastbooks.pixnet.net/blog
Facebook：http://www.facebook.com/h7560949
信箱：h7560949@ms15.hinet.net
郵撥帳號：12043291
服務專線：(02)27560949
傳真專線：(02)27653799
執行主編：劉宇青
美術編輯：許惠芳

法律顧問：永然法律事務所 李永然律師
北辰著作權事務所 蕭雄淋律師

版權授權：蔡雷平
初版日期：2015年4月
初版二刷：2015年4月20日
ISBN：978-986-352-118-1

總 經 銷：成信文化事業股份有限公司
地　　址：新北市新店區中正路四維巷二弄2號4樓
電　　話：(02)2219-2080

行政院新聞局局版台業字第3595號 營利事業統一編號22759935

定價：280元　特價：199元

國家圖書館出版品預行編目資料

獵財筆記／月關著. -- 初版-- 臺北市：風雲時代，
2014.12 -- 冊；公分

ISBN 978-986-352-118-1（第7冊；平裝）

857.7　　103021581